강근숙 수필집

흑백
사진

초판 발행 2014년 10월 30일
지은이 강근숙
펴낸이 안창현 **펴낸곳** 코드미디어
북 디자인 Micky Ahn **교정 교열** 최윤성

등록 2001년 3월 7일
등록번호 제 25100-2001-5호
주소 서울시 은평구 갈현1동 419-19 1층
전화 02-6326-1402 **팩스** 02-388-1302
전자우편 codmedia@codmedia.com

ISBN 978-89-94178-98-1 03810

정가 12,000원

흑백사진

강근숙 수필집

지나간 것은 기억에서 퇴색되고 흔적마저 지워버린다.

묵정밭에 나무 한 그루 심어놓고 십수 년 다독이며 살았다. 바람 불면 흔들리고 비 오면 흠뻑 맞고 자라는 문학이라는 나무 한그루 있어 내 삶은 풋풋했다. 내게 있어서 수필은 나를 비추는 거울이며 고백서이다. 책을 내면서 많은 생각을 하였다. 넋두리나 신변잡기를 누가 읽을 것인가. 그래도 이십여 년을 다독거린 분신들에게 이름은 붙여줘야 하지 않겠는가 하는 두 마음으로 갈등했다. 그동안 쓴 글을 한 편 한 편 읽어본다. 먼 꿈속같이 아득한 이야기, 어쩌면 추억과 회한과 아픔이 이어져 나는 지금 이 자리에 서 있는지도 모른다.

지나간 것은 기억에서 퇴색되고 그 흔적마저 지워버린다. 오래 전에 쓴 글은 시대에 맞지도 않고 더 어설프지만 사라지는 것들이 아쉬워 못난 자식 끌어안듯 그대로 실었다. 미루고 미루다 처음 묶는 이 한 권의 수필집은 지나온 삶이 고스란히 묻어있다. 허물 많은 삶처럼 글도 많이 부족하고 보잘 것이 없다. 그러나 가파른 언덕을 오르내리며 주저앉고 싶을 때, 나를 지켜주고 버팀목이 되어준 것은 문학의 힘이었기에 흩어진 글을 모아 묶으며 밀린 숙제를 끝낸 것처럼 홀가분하다.

먼저 바른 수필의 길로 이끌어 가르침을 주신 스승님께 감사의 인사를 올린다. 긴 세월 함께 공부한 글벗과 이 책을 내도록 용기와 도움을 준 지인도 고맙고, 글의 소재가 된 내 고향산천 꽃과 나무, 시린 마음 감싸준 따뜻한 이들에게도 사랑한다는 말 전하고 싶다. 좋은 책을 만드느라 애쓰는 코드미디어에 감사하며 무궁한 발전을 기원한다.

이천십사년 가을 강근숙

contents

01

촛불을 켜고

02

蘭과 女人

contents

03

꽃봉투 접어 부친 편지

04

행복한 휴일

contents

05

도둑과 서리

1

촛불을
켜고

❦

고등어 대가리
개떡범벅
단소
뜨개질
물같이 바람같이
사기에 빠지다
아들의 첫 무대
죽 쑤는 여자
철 든 여인
촛불을 켜고

❦

고등어 대가리

고등어 한 마리 달라는 말에 생선가게 주인은 쳐다보지도 않고 툭툭 잘라 토막만 담아준다. 대가리도 달라고 했더니 개 줄 거냐고 묻는다. 그 맛있는 걸 왜 개를 주느냐고 퉁명스럽게 말을 던지고 돌아오면서 괜히 그랬구나 속 좁은 마음을 후회한다. 더 넣어 주려고 물었는지 몰라도 '개 줄거냐'는 말이 명치끝에 걸려 내리지 않는다.

요즘처럼 먹을 것이 흔한 세상에 생선 대가리를 챙겨가는 사람은 드물다. 어두육미魚頭肉尾라 해도 생선가게 한쪽에는 대가리가 수북하다. 남이 버리고 간 것까지 얻어가진 않아도 내가 살 때는 꼭 넣어 달라고 한다. 간혹 밥상머리에서 가운데 토막을 밀어주는 아들과 실랑이를 할 때도 있지만, 살 토막과 바꾸지 않는 것은 발라먹는 맛도 있거니와 버리지 못하는 어린 시절 아린 추억 때문이다.

전쟁을 겪은 이후 60년대에는 너나없이 가난했다. 피난길에서 돌아와 폐허에 집을 짓고 살다보니 우리 집도 예외는 아니었다. 논 몇 마지기와 텃밭에서 나는 것은 겨우 먹고 살 정도여서 살림 필 날이 없었다. 줄

줄이 학교 가는 자식들은 아침마다 손 벌리는데 돈 나올 곳은 없어 엄마는 푸성귀나 곡식을 힘겹게 이고 읍내로 팔러 나섰다. 다리가 아프도록 십리 길을 걸어도 손에 쥐는 돈은 겨우 학용품값 정도였다. 늘어선 상점에는 자식들에게 입히고 싶은 것과 먹이고 싶은 것이 얼마나 많았을까.

해진 옷이야 깁고 또 기워서 깨끗이 빨아 입히면 되겠지만, 한창 자라나는 새끼들에게 생선 한 토막 먹이지 못하는 엄마의 마음은 언제나 짠했다. 고심 끝에 고등어 대가리를 얻어다 무를 숭숭 썰어 넣고 졸임을 했다. 생선 맛이 배인 조림은 여느 때와는 달리 맛있어 잘들 먹었다. 그 모습을 바라보는 엄마의 마음은 어땠을까. 우리들은 그 사랑을 먹고 건강하게 자랐다. 자존심이 강한 분인데 뭐라고 하며 고등어대가리를 얻었을까 헤아려 볼 뿐 차마 물어볼 수가 없었는데 오늘 생선가게 여자가 상처에 소금을 뿌렸다.

엄마는 체구가 자그마한 분이다. 열일곱에 딸 삼아 데려간다는 중매쟁이 말만 듣고 층층시하 열두 식구나 되는 시골 종갓집으로 시집을 왔다. 시할머니는 물론 서른하나에 혼자된 시어머니는 아무 말 하지 않아도 어렵기만 했다. 일이 얼마나 많은지 낮에는 종종걸음을 쳤고 밤에는 식구들 옷시중에 쉴 사이가 없어 잠 실컷 자보는 게 소원이었다. 어린나이에 된 시집살이를 하던 중에 전쟁이 터졌고, 피난 간 움막에서 나를 낳았다. 눈에 보이듯 생생한 얘기를 듣고 있노라면 가냘픈 몸으로 어찌 견뎠을까 엄마가 안쓰럽고 존경스럽다. 일제치하와 전쟁을 겪었고, 그 무서운 가난 속에서도 여섯 남매를 꿋꿋이 키우셨다. 요즘 세상에 그렇게 살 여자가 몇이나 될까. 엄마를 반만 닮았어도 내 삶이 부끄럽지는 않을 텐데, 늘 걱정만 끼쳐드리는 나는 못난 자식이다. 하나밖에 없는 딸이 환하게 피어 화사한 모습 한 번 보여드린 적이 없건만 그런 딸을 의지하고 자랑 하시는 우리 엄마, 벌써 여든이시다.

　칠순잔치도 못 해드렸다. 팔순잔치는 동네 분들을 모시고 멋지게 해드리자고 형제들은 장소를 정했으나, 나는 우리 집에서 차리겠다고 고집을 부렸다. 언제나 아프게만 한 딸자식, 하루라도 엄마만을 위해 정성을 다하고 싶었다. 장을 봐서 음식을 만들었다. 두툼하게 무를 깔고 고등어조림도 만들었다. 조촐하게 가족들만 모여 상을 차려놓고 '어머니 고맙습니다' 큰절을 올렸다. "혼자 고생 많았구나" "속 썩인 자식이라 제가 차렸어요" 그러고 싶어 그랬겠느냐며 웃으시는 주름진 얼굴에 고생스러웠던 지난 세월의 흔적이 보인다. 삭정이 같은 육신, 소리 없이 애 태웠을 그 가슴속- 더는 아픔을 드려선 안 된다. 기쁜 일만 있어도 남은 날이 그리 많지가 않다. 비 뿌리던 궂은 날, 우리의 우산이 되어주신 엄마에게 커다란 우산 하나 선물로 드렸다. 이제부터는 내가 엄마의 우산이 되어야 한다.

2009. 겨울

개떡범벅

온통 초록빛이다. 햇살을 흠뻑 먹은 벼 포기가 가득한 논과 논이 이어져 넓게 펼쳐진 들판은 초록물결이 일렁인다. 친정동네인 안능안으로 들어가는 길가 논에는 동생이 벼 포기 사이를 헤치고 피를 뽑는 중이다. 마침 올케는 아이들을 데리고 새참을 내오고 있다. 뙤약볕에 어린것을 업고 걸리고 머리에는 새참을 이고 나오려니 얼마나 덥고 힘들까마는, 내게는 한 폭의 그림처럼 아름답게 보인다. 올케는 검게 그을린 얼굴로 반색을 하며 새참을 펼쳐 놓는다. 냉수 한 주전자에 개떡범벅이다. 논에서 나온 동생은 냉수 한 대접을 단숨에 들이킨다. 이렇게 더운 날 땀 흘린 농부가 마시는 물은 얼마나 달고 시원할까. 나무 그늘에 앉아 오랜만에 별식을 먹으며 옛날 개떡범벅으로 끼니를 때우던 시절을 회상한다.

집 뒤쪽 산비탈 거칠고 마른땅에는 언제나 밀을 심었다. 키가 어른보다 더 큰 호밀은 맷돌에다 둘둘 갈아 누룩을 만들었고, 키 작은 참밀은 빻아서 수제비나 칼국수, 개떡을 만들어 먹었다. 밀이 익으면 털기가 바쁘게 할머니는 머리에 두어 말씩 이고 방앗간으로 향한다. 방앗간은 고개 넘어 배내梨川里에 있었는데, 먼 길을 혼자 다니기가 적적하셨던지 어린 내게도 한 됫박 머리에 얹어주고는 같이 가자고 하셨다. 어린 내가 보기에 방앗간은 요술의 집이었다. 기계에다 밀을 쏟아 부으면 덜컹대는 소리와 함께 뽀얀 가루가 쏟아져 나온다. 순식간에 수북이 가루가 쌓이는 것이 신기해 턱을 고이고 앉아 바라보았다. 방앗간 아저씨는 눈을 쓸어 모으듯 밀가루를 북북 긁어서 주머니에 담아주었다. 기계에서 금방 나온 밀가루는 뜨겁다. 똬리를 두껍게 틀어 얹어도 머리 밑이 뜨끈뜨끈하다. 할머니는 머리를 식힐 겸 참참이 쉬어 가셨는데, 개떡을 먹고 싶은 마음에 그 시간이 길게만 느껴졌다.

점심을 개떡범벅으로 때우던 때가 있었다. 십여 리 길 학교에서 돌아오면 엄마는 밭에 가고 시렁 위에 개떡범벅 한 대접 놓여있다. 강낭콩과 감자가 드문드문 묻어있고 엄마의 손자국이 그대로 나 있는 개떡범벅은 쫄깃하면서 맛이 있었다. 길고 긴 여름 날, 학교에서 돌아와 우물에서 금방 떠온 시원한 물 한 대접과 먹는 개떡범벅은 얼마나 맛있는지 모른다. 지금은 밀밭도 사라지고 범벅으로 끼니를 때우는 사람도 없지만 그 맛이 그리워 여름이면 가끔 개떡범벅을 만들어 먹는다.

서울 사는 조카가 와서 별식으로 개떡범벅을 했다. 감자와 강낭콩을 삶다가 밀가루를 되직하게 반죽해서 푹 뜸을 들인 후, 나무주걱으로 뭉개어 한 그릇 담아주었다. 조카는 "이게 뭐냐"며 먹으려 하지 않는다. "너의 아버지가 자랄 때 즐겨먹던 음식이며, 무공해 식품"이라 말해 주었더니 그때서야 맛을 본다. 날이 갈수록 생활은 편리해지고 사람들은 인스턴트식품에만 익숙해져 간다. 더욱이 아이들은 초콜릿이나 아이스크림 같은 부드럽고 달콤한 맛에 길들여져 가고 고단백 식품과 지방질 과다

섭취로 비만이 늘어나고 있다. 그런 아이들이 소금만 넣어 익힌 개떡범벅을 좋아할 리가 없지만, 이러다가 우리의 음식이 잊히는 것은 아닌가 하고 쓸 때 없는 걱정을 하기도 한다.

가까운 곳에 피자 전문점이 생겼다. 양식을 즐기지 않지만 아들이 피자를 좋아하기에 함께 가 보았다. 한참이나 기다린 후에 피자가 나왔다. 한쪽을 접시에 놓고 자르다가 피식 웃음이 나왔다. 먹는 방법만 다르지 여러 가지 섞어서 만든 것이 개떡범벅과 다를 게 없지 않는가. 아들에게 그렇지 않으냐고 물으니 맛과 영양이 그것과는 비교가 안 된다며 어미가 촌스럽다는 눈치다. 가게 안에는 대부분이 젊은이들이다. 피자나 햄버거를 즐겨먹는 아이들을 탓할 수는 없으나 이다음에 나이가 들었을 때 어떤 맛을 그리워할 것인가. 내 아이에게만은 우리의 맛을 익혀 주고 싶어 범벅이나 호박죽을 만들어 주지만 여전히 인기가 없다.

요즘도 친정에 가면 공연히 부엌을 두리번거린다. 어머니와 애기하며 불 때던 아궁이도 풋보리 쪄내던 가마솥도 사라진 지 오래다. 개떡범벅이 놓여있던 시렁도 없어지고 그 자리에는 냉장고와 씽크대가 놓여있다. 산업이 발달하고 주방용품도 현대화되어 감에 따라 시골생활도 변하는 것이 당연한 일이다. 하지만 아무리 잘살고 풍족한 여유를 누린다 해도 우리의 맛과 향기는 잊을 수가 없다. 요 근래 와서는 입고 먹고 하는 것이 하루가 다르게 변해간다. 장마철이면 버섯이 돋아나고 수줍은 박꽃이 피어있는 초가지붕이 우리의 눈앞에서 사라진다 해도 흙의 진실을 믿으며 고향을 지키는 이들이 있어 우리의 맛은 사라지지 않으리라 믿는다.

1992. 여름

단소短簫

장마기간이라 해도 비는 시원스레 내리지 않고 후덥지근하기만 하다. 냉수 한 사발 마시고 선풍기 앞에 팔베개를 하고 누우니 문갑 위에 얹어 놓은 단소가 눈에 띈다. 언제 잡아 보았는지 먼지가 뽀얀 취구吹口에는 곰팡이가 피었다. 먼지를 닦아내고 가만히 불어 보았다. 생각대로 소리가 나지는 않았지만 고운 음색은 여전했다.

단소를 배워 보겠다고 가까이한 지는 꽤 오래 되었다. 몇 년이 흘렀어도 한곡 제대로 불 줄 모르는 것은, 재능이 없는 때문이기도 하지만 맘먹은 것을 끈질기게 하지 못하는 용두사미 성격 탓이기도 하다. 그래도 단소를 소중히 여기고 가끔 꺼내어 쉬운 동요나 가곡을 불어 보는데, 주위사람들이 시끄럽다고 인상을 찌푸리는 것 같아 슬그머니 내려놓곤 한다.

무더위가 기승을 부리는 이맘때 쯤이면 가고 싶은 곳이 있다. 십여 년 전에 갔던 작은 마을의 대숲이다. 남쪽 지방은 대나무가 잘 자라는 토질이어서 민가에는 물론 울타리 뒤로 대숲이 우거져 있었다. 남편과 함께 여름휴가를 떠난 길에 아는 사람의 소개로 대숲도 구경하고 단소감도 얻을 수가 있었다.

쭉쭉 뻗은 대줄기가 하늘로 치솟고 무성한 댓잎은 그늘을 드리우고 있었다. 삼복더위였지만 대숲은 시원하다 못해 서늘하다. 곧고 청청한 대나무 숲에서 남편은 굵기대로 대를 잘라 모은다. 그 많은 대들은 굵기에 따라 쓰임새가 다르다. 가장 굵고 단단한 것은 죽장이 되어 노스님의 동행이 되기도 하고, 중간 것은 대금이나 퉁소, 피리가 되어 풍류객의 마음을 흔들기도 한다. 단소감은 너무 굵어도 가늘어도 안 되고 둥글납작해야 하며 5년이 넘은 속대라야 한다.

대밭 주인은 마음껏 가져가라고 한다. 인심이 좋기도 하지만 과수원 근처의 대나무는 뻗어나가지 못하게 베어버려야 한다고 했다. 내 고장 파주에는 없는 것이기에 기회다 싶어 마음껏 욕심을 부렸다. 이 단소도 그때 가져온 대나무로 만든 것이다. 단소는 작아서 가지고 다니기가 간편해 친해지기가 쉽다. 국악은 우리의 음악이면서도 배울 수 있는 기회가 없었는데, 요즈음 초등학교 교육과정에 단소가 들어 있어 학생들이 단소를 배우기 시작했다. 뒤늦게라도 우리 가락 단소를 가르치는 것은 다행한 일이다. 학생들이 배우는 단소는 대개가 소리가 쉽게 나는 플라스틱이지만, 단소는 아무래도 대나무라야 제 음색을 낼 수가 있다.

단소는 국악기 중에서도 구조가 편하고 소리내기가 쉽다. 피리나 대금보다 작은 것으로, 중림무황태仲林無潢汰 기본 5음五音을 가지고 있다. 음색이 맑고 청아해 독주악기로 사랑받는 단소는 어느 장소에서 불어도 소탈하고 친근하며 아쟁이나 향피리 장고와 짝을 이루면 더욱 흥이 난다. 글줄이나 읽은 사랑방 선비나 풍류를 아는 시인 묵객도 집어 들면 어렵지 않게 한과 흥을 토해 낼 수 있는 우리의 악기이다. 그러나 모든 악기가 그러하듯, 마음을 가지런히 다스린 뒤에야 비로소 좋은 소리를 내놓을 수가 있다.

라디오에서 우리가락 명연주를 가끔 듣는다. 부처님이 내려오실 때 들려주었다는 영산회상이나 청성곡淸聲曲을 듣고 있노라면 후련하다가도 가슴이 뭉클하다. 슬픔인지 아픔인지 마음을 울리는 선율이다가도 오히려 그 울적함이 차고 넘쳐서 마음의 위로가 되기도 하고, 때론 어깨춤이 나오기도 한다. 그 소리의 근원은 어디서 오는 것일까. 혼을 싣고 한을 담아 한 몸이 되어 불게 되면, 가슴에 응어리진 것을 모두 토해 내고 난 후에 비운 곳에서 나는 소리, 맑은 소리로 다가온다.

우리의 가락은 우리 악기에 넣어야 제 맛이 난다. 명기가 명인을 낳고 명인이 명기를 낳는다는 말이 있다. 우리 음악을 서양 악기로 연주할 수는 있어도 굽이굽이 휘돌아 부드럽게 흔들면서 끊어질 듯 이어지는 신비롭고도 아름다운 우리의 가락을 뽑아낼 수는 없을 것이다. 나도 언제쯤 그 멋진 가락을 흉내 낼 수 있을까. 대청마루에 모시적삼 입고 정좌하여 격식을 갖추지 않더라도, 맑고 청아한 소리를 만나는 그날에는 벗들을 불러놓고 죽엽청주라도 따르며 한가락 들려주리라.

1998. 여름

뜨개질

올 겨울은 유난히 추울 거라는 기상대 예보에 걱정이 앞선다. 추위에 약한 나는 기온이 내려가면 마음이 먼저 오그라들어 겁을 먹는다. 바람이 스산하던 날, 노점에서 따뜻해 보이는 스웨터 하나를 골랐다. 백화점에서 비싼 값에 팔리던 스웨터는 모양이나 색감도 좋고 무엇보다 손뜨개를 한 것이 맘에 들었다. 다이아몬드 무늬에 꽈배기, 멍석뜨기 등, 내가 즐겨 뜨던 무늬여서 선뜻 집어 들었다.

뜨개질을 좋아하는 나는 몇 년 전만 해도 쉴 사이가 없었다. 계절 따라 식구들 옷은 물론이고 고마운 이들에게도 털옷을 짜서 선물했다. 반코트와 스웨터, 조끼, 장갑은 물론이고 귀염둥이 아들의 옷에는 무지개도 띄우고 꽃밭에 나비도 날게 했다. 호기심 많은 서너 살짜리 아들은 마냥 걷다가 길을 잃어버리는 일이 잦았다. 생각 끝에 조끼에 전화번호와 이름을 넣어 떠 입혔더니 보는 이들도 좋아 하였고 길을 잃었던 아이를 쉽게 찾은 적도 있었다. 내게 취미가 뭐냐고 물으면 뜨개질이라 한다. 잘하는 것이 뭐냐고 물어도 뜨개질이라고 말한다. 무엇이든 떠야겠다고 마음만 먹으면 잠을 설치고라도 완성을 해야 직성이 풀린다.

뜨개질이 쉬운 것은 아니다. 작은 것을 뜨더라도 어떤 모양으로 할 것인가 구상을 하고 실의 굵기에 따라 뜨개바늘을 준비해야 한다. 그리고 크기에 맞춰 콧수 계산을 하여 모양을 그린 다음에야 비로소 뜨기 시작한다. 집을 지으려면 설계를 하고 도면대로 벽돌을 한 장 한 장 쌓아 올리듯, 한 코씩 떠 올라가며 줄이고 더하면서 원하는 옷을 만든다. 아무런 계산 없이 주먹구구로 하다가는 도로 풀기가 일쑤다. 경험보다 중요한 것은 없다. 숙련공이 대충대충 해도 틀림이 없듯이, 이제는 어림짐작으로 떠 놓아도 크게 실수가 없다.

결혼 초에는 수출품 스웨터를 많이 떴다. 한 달 내내 해봐야 고작 부식비 정도의 수입에 지나지 않았지만 부업거리가 없었던 시절 동네 여인들은 모여 앉아 뜨개질을 하였다. 먼지가 풀풀 나는 타래실을 감으려면 눈도 침침하고 엉키는 가닥을 풀어내는 일은 인내가 필요했다. 달덩이만 한 실 꾸러미를 굴려가며 한 코씩 떠올라가 옷이 만들어지는 재미에 다른 일은 안중에도 없다. 연탄아궁이의 공기구멍은 꼭 닫아 놓아도 아랫목은 언제나 따뜻하다. 온종일 뜨개질 하던 내 곁에서 혼자 놀던 어린 것을 재워놓고 아직 돌아오지 않은 가족을 위해 된장뚝배기를 연탄불 위에 올렸다 내렸다 하며 밤이 이슥하도록 뜨개질을 하였다. 그때는 그 흔한 모임에도 나갈 줄 몰랐고, 여성의 권리니 뭐니 하는 말도 들리지 않았다. 지금 생각하면 그때가 가장 마음 편한 시절이었다.

사람이 당장 먹고 사는 걱정이 없으면 지난날의 가난은 잊어버린다. 생활이 조금 나아져 의식주에 불편을 느끼지 않을 무렵, 실 보따리와 뜨개바늘을 올케에게 넘겨주고 나는 뜨개질에서 멀어졌다. 재주가 많으면 팔자가 세다는 말도 귀에 거슬렸고 열두 가지 색실이 뒤엉킨 실 보따리를 보면 기억하고 싶지 않은 옛일이 되살아나 머리가 복잡했다. 실 보따리가 마치 고생보따리 같았고, 쭈그리고 앉아 뜨개질 하던 내 모습이 궁상스럽게 회상되었다.

올겨울 뜨개바늘을 다시 잡았다. 그렇게도 듣기 싫던 팔자 운운하던 말도 예전처럼 들리지 않았고, 가난했지만 근심 없던 그 시절이 아련한 그리움으로 다가왔다. 요즘에는 뜨개질 하는 여인을 찾아보기 힘들다. 가까운 곳에 뜨개실 파는 곳도 없어 서울까지 가야하는 번거로움도 만만치가 않았다. 하기야 돈만 들고 나가면 편히 입을 수 있는 옷들이 쌓여 있는데 몇날 며칠을 쭈그리고 앉아 왜 뜨개질을 하겠는가. 요즈음 세상이 필요로 하는 것은 노력과 정성이 아니라 돈과 시간이다. 여인들도 그것이 행복한 것인 양 하지만, 인고의 미덕에서 오는 행복을 몰라서이다.

뜨개질을 하고 있으면 엉킨 실타래가 풀리듯 흔들리는 마음의 평정을 찾는다. 기도하는 마음으로 며칠 만에 스웨터 두 벌을 완성했다. 이웃에 사는 노인 내외분 것을 떠 드렸더니 풍성해서 맘에 든다고 흡족해 하신다. 나이를 초월해 세상 사는 이야기를 나누는 그분들에게서 나는 또다른 인생을 배운다. 사람은 누군가를 위해서 무엇인가를 할 때가 행복하다. 문밖에는 바람 불고 눈보라 휘몰아쳐도 나는 작은 방에 오색실 풀어 놓고 뜨개질을 한다. 가장 고운 색실을 뽑아 한 코 한 코 세월의 자락을 떠 나아가고 있다.

1998. 겨울

물같이 바람같이

한밤중에 울리는 전화벨은 사람을 놀라게 한다. 집안에 우환이 있거나 나이 든 분이 계실 때도 그렇지만, 좋은 일보다 나쁜 일이 더 많은 세상이기 때문이다. 꿈자리가 뒤숭숭하여 잠을 못 이루고 뒤척이는데 전화벨이 울렸다. 혹시 부모님이 편찮으신 건 아닌가, 가슴이 철렁해 받아보니 놀랍게도 사촌동생이 세상을 떠났다는 청천벽력 같은 기별이다. 보름 전 친정에 갔을 때도 같은 상에서 밥을 먹었는데, 멀쩡하던 동생이 세상을 떠났다는 것이 믿어지지 않는다. 혹시 나쁜 꿈을 꾸고 있는 것은 아닌가. 그러나 꿈이 아니었다.

동생은 평소에 말수가 적고 감정표현을 잘하지 않는 사람이다. 그동안 건강이 좋지 않았다는데도 무던한 사람이라 혼자 견디다 병원에 간 지 사흘 만에 고인이 되어 돌아왔다. 동생의 갑작스런 죽음은 그를 사랑하는 사람들을 놀라게 했고, 크나큰 슬픔을 안겨주었다. 사람이 타고 난 명대로 살다가 가는 길에 순서가 없다지만, 동생은 고인이 되기에는 너무도 아까운 젊은 나이다. 사람은 떠나고 난 후에야 그 사람의 진면목이 드러난다. 세상에 죄 안 짓고 사는 사람 없다 하여도 그는 죄짓지 않고 착하게 살다간 사람이다. 혼자 있기를 좋아했던 사람, 누구와도 인연을 맺으려 하지 않고 담담하게 살다가 훌쩍 떠나버렸다. 혈육 한 점 남기지 않고 떠나는 그가 애달파서 남은 가족은 목이 메지만, 떠나는 영혼은 그래서 더 자유로울지도 모른다.

동생의 영정 앞에 향을 사르고 잔을 올렸다. 이 세상 모든 근심을 놓아버린 선한 눈매는 인생이란 별 게 아니라는 듯 사진 속에서 웃고 있다. 동생과 나는 사촌지간이지만 친형제나 다름이 없다. 아래윗집에서 같이 자랐고, 궂은 일 좋은 일을 함께 겪으며 지내왔다. 고향을 너무나 사랑한 사람, 한 번도 떠나본 적 없는 집을 영원히 떠나려 한다. 대문 앞에서 발인제를 지낸다. 극락왕생을 비는 스님의 염불은 왜 그리 슬픈지, 그를 보내야 하는 사람들은 목 놓아 통곡한다.

동생은 육신을 두고 어디로 갔을까. 저 높은 곳 선계仙界에서 우리를 안쓰럽게 내려다보고 있는 것은 아닐까. 불가에서는 죽음이 끝이 아니라 헌옷 벗고 새옷 갈아 입듯이 내세에 다시 태어난다고 한다. 그러나 죽고 사는 이치를 깨닫지 못한 우리에겐 영원한 이별이요, 사라짐일 뿐이다. 우리는 언젠가 돌아간다. 아끼고 사랑하던 육신마저 버리고 훨훨 떠나갈 것이다. 인연 따라 왔다가 인연 따라 흩어지는 우리의 삶은 그저 자연의 일부분일 뿐, 끝없는 여정 속에 잠깐 머물다 가는 것에 지나지 않는다. 하지만 오늘 저 착한 동생을 어떻게 보낸단 말인가.

장지에서 돌아오는 길에는 모두들 아무 말도 하지 않는다. 하늘만 쳐다보았다. 대체 인생이란 무엇인가, 이렇게 허망하고 서러운 것이란 말인가. 멀리 산 위로 구름만 흘러가고 있다. 모였다 흩어지고 다시 모여드는 구름의 조화를 보며, 우리의 삶이 한 조각 뜬구름 아닌가 하는 생각을 해본다. 이렇게 가까운 사람들을 떠나보낼 때마다 왜 잘해주지 못했을까, 사랑하지 못했을까 어리석은 후회를 하기도 하고, 남은 생은 욕심 없이 착하게 살아가리라 다짐을 하기도 한다. 그러다가 다시 일상으로 돌아와 작은 일에 성내고 하찮은 것에 집착하며 마음을 접는다. 잠깐 머물다 가는 덧없는 인생살이, 벽에 걸린 나옹선사의 '물같이 바람같이 살다 가라'는 시 한 구절이 오늘 따라 가슴을 아프게 훑고 지나간다.

1999. 가을

사기史記에 빠지다

새벽에 눈을 뜨면 녹차를 우리면서 습관처럼 책장을 훑어본다. 방 한쪽 보잘것없는 내 서가지만 한 권 한 권의 깊이와 무게를 지닌 책을 보고 있노라면 만기가 된 적금통장을 들여다보는 듯 든든하다. 평생을 읽어도 부족한 것이 책 읽는 일이다. 사는 일이 바빠 수박 겉핥기로 책을 읽었고, 두꺼운 역사책이나 고문古文은 대충 뒤적이다 책장에 꽂아두었다. 언제나 책을 실컷 읽을까 늘 아쉬웠는데, 짐 하나를 벗으니 마음도 가볍고 책 읽을 시간이 많아졌다. 젊어서는 시나 수필을 즐겨 읽었으나 나이가 들어가면서 고전이 좋다. 요즈음 나는 중국 역사서 사마천司馬遷의 사기史記에 푹 빠졌다. 고요한 새벽에 깨어 책 읽는 재미를 옆방의 아들은 아마 모를 것이다.

사기史記는 기원전 145년에 태어난 사마천이 기전체紀傳體로 쓴 최초의 역사서이다. 아득한 시대를 살다 간 인물들의 원한과 사랑, 배신과 복수의 음모가 책을 놓지 못하게 한다. 사마천의 아버지는 아들이 성년이 되자 여행을 권한다. '자식을 사랑하면 여행을 보내라' '여행하는 자가 성공한다'는 속담이 있듯이, 사마천은 젊은 나이에 아버지와 함께 세상 인심과 부딪치며 많은 것을 경험하게 된다. 교통수단이 발달하지 못한 시대에 3년 동안 그 넓은 땅을 다니느라 고생이 얼마나 많았을까. 낯선 고장에서 괴한을 만나 목숨이 위태로운 고비를 넘기며 문전걸식을 하던 그 시기는, 역사서를 쓰기 위한 자질을 만들어준 가장 중요한 전환기였다. 현장을 추적하고 공부하며 중국 전역을 돌아다닌 결과, 사기史記는 눈으로 보는 듯 생생한 기록으로 현장감과 깊이가 있고 감성과 이성이 조화를 이룬다.

사마천은 한漢나라 태사령太史令이었던 아버지 사마담의 유지를 받들어 역사서를 저술하던 중, '이릉李陵의 화'로 인해 궁형을 받게 된다. 그때 사마천 나이 마흔 아홉, 당시 사대부 계층에서는 궁형은 치욕의 형벌이라 형을 받기 보다는 자결하는 것이 상례였다. 그러나 사마천은 할아버지와 아버지가 대를 이어 사관으로 모든 삶을 바쳤던 역사서의 완성을 포기할 수 없었다. 가장 큰 효孝란 입신立身하여 후세에 이름을 드높여 부모를 빛내는 것이다. 사마천이 오직 사기를 완성시키겠다는 일념으로 고통과 굴욕을 참아내며 살아남은 까닭은 가슴에 품은 숙원이 있었기 때문이다. 하루에도 스무 번씩 식은땀을 흘리는 멸시를 견디며 이룩한 역사의식은 후대에 전해져 불후의 역사서로 남았다.

사기는 역사서지만 역사만을 기록한 것이 아니고 온갖 부류의 인간들의 이야기가 복합되어 재미있다. 기원전, 사마천이 본 그 시대나 지금이나 사람 사는 세상은 별 차이가 없는 듯하다. 인간의 본질인 남녀 간의 오욕칠정과 확고한 자기 신념을 가지고 목숨을 헌신짝처럼 버리는 사내 대장부들의 이야기는 옳고 그름이 무엇인지 깊은 사색에 젖게 한다. 사기에는 우리가 흔히 쓰는 와신상담臥薪嘗膽, 오월동주嗚越同舟, 토사구팽兔

死狗烹 등 수많은 고사성어와 중국 역사 유명한 인물들이 나온다. 인간의 심리를 교묘하게 이용하는 간신배의 권모술수, 그것을 파헤치는 뜻있는 지사들의 반전과 역전이 진한 여운을 남긴다.

세상 사람들은 누구나 부귀영화를 누리며 살고 싶어 한다. 개자추介子推도 홀어머니를 모시고 편안히 살고 싶었을 것이다. 진晉나라 문공중이文公重耳는 계모 여희의 모함을 받아 장장 이십여 년을 이 나라 저 나라로 떠돌아 다녔다. 기나긴 망명생활에도 수십 명의 뛰어난 심복을 거느리고 있었는데, 그 중에 한 사람인 개자추는 문공이 먹을 것이 없어 굶어죽기 직전에 허벅지 살을 베어 끓여 먹이기도 했다. 62세에 왕이 된 문공文公은 논공행상論功行賞을 가려 조정대신을 임명하는 과정에 실수로 포상대상에서 빠뜨렸다. 그러나 개자추는 '진심으로 주군主君을 사랑하는 마음으로 모신 것이지 부귀영화를 바란 것은 아니다.'며 말없이 홀어머니와 함께 깊은 산으로 숨어 버렸다.

문공은 뒤늦게 빨리나와 벼슬을 받으라고 명령했지만 개자추가 나오지 않자, 그를 산에서 나오게 할 생각으로 불을 질렀는데 끝내 나오지 않고 불에 타 죽었다. 문공은 애석한 마음에 개자추와 어머니가 끌어 안고 죽은 나무로 신발을 만들어 신고 걸을 때마다 '딱 딱 딱' 나는 소리를 들으며 개자추를 생각했다고 한다. 개자추가 죽은 날이 되면 수많은 시인 묵객들은 글을 남겼고 백성들은 데운 음식을 먹지 않고 불을 때지 않는 풍습이 생겼는데, 그것이 바로 한식寒食의 유래이다. 추운 겨울이 되어서야 소나무와 잣나무가 푸른 것을 알 수 있듯이, 세상이 혼탁할 때 비로소 청렴한 인물이 드러나게 된다. 세속 사람은 오직 재물과 권력을 위해 살지만, 선비는 그것을 가볍게 보기 때문이다. 죽은 후에 이름을 더럽히지 않으려는 개자추의 슬픈 이야기는 우리가 이 시대에 어떻게 살아야 하는지 많은 생각을 하게 한다.

세상에는 흔히 강태공이라 부르는 사람들이 있다. 낚시를 좋아해 강이나 바다로 다니는 이도 있지만, 원하는 일이 뜻대로 풀리지 않아 낚싯대를 드리우고 시름에 잠긴 사람들도 있고, 직장을 잃고 갈 곳이 없어 세월을 낚는 가장도 있다. 아마 그들은 강태공처럼 자기를 알아줄 사람을 기다리고 있는지도 모른다. 주나라 강태공은 강가에 낚싯대를 드리우고 자기를 낚아줄 사람이 나타나기를 고대했다. 그의 나이 70이 넘어 사냥 나온 서백의 눈에 띄어 그를 스승으로 삼았고, 문왕文王과 무왕武王이 주나라를 크게 일으키도록 도운 공으로 결국은 제齊의 시조가 되었다. 인생을 살아가려면 실망하고 좌절하고 견디기 힘든 순간이 있게 마련이다. 고난을 극복하고 기어이 뜻을 이루는 강태공의 이야기는 현실에 지친 현대인에게 용기를 주고 청량제가 된다.

온갖 멸시를 받으며 제약된 상황에서 책을 쓴 사람이 어디 사마천뿐이겠는가. 공자는 진陳나라와 채蔡나라 사이에서 곤경에 처하여 춘추를 지었고, 굴원 또한 추방당한 몸이 되어 이소離騷를 지었고, 한비자도 진秦에 갇힌 몸이 되어서 세난說難과 고분孤憤을 지었다. 사마천도 마음 깊이 맺힌 바가 있으나 그 뜻을 직접 전할 수 없었기에 지나간 사실을 빌어 미래에 전하려 했던 것이다. 자기의 운명을 스스로 인정하고 진정한 용기로 사기를 완성한 사마천이 존경스럽다. 나무판에다 한 자 한 자 붓으로 적어 130편, 52만 6천 5백자에 달하는 방대한 사기로 승화시킨 사마천을, 후세 사람들은 역사의 성인 사성史聖이라 부른다.

역사는 과거에 머물러 있는 것이 아니라 현재와 끊임없는 대화를 한다. 사마천이 사기를 기록하지 않았다면 그 시대 사람들이 무얼 먹고 어떻게 살았는지 자세히 알 수 없었을 것이다. 참외 익는 7월에 부임한 이들에게 '이듬해 참외가 익을 무렵 교대를 하자.'는 약속과 개고기를 좋아하는 유방이 개백정인 친구 번쾌를 자주 찾았고 '복날을 기해 개고기를 먹으며 열독을 다스렸다'는 기록을 보면, 2천 5백 년 전에도 참외가 익었고 개고기를 즐겨 먹었다는 걸 알 수가 있다. 역사는 이 세상을 먼저 살다간 사람들의 발자국이다. 보이지 않는 길 위에서 먼저 간 사람들의 발자국 위에 조심스레 내 발을 겹쳐보며 지혜와 통찰력을 배운다.

2013. 여름

아들의 첫 무대

객석은 아직 비어있다. 첫 무대에 2천 여석이 넘는 공연장을 잡은 것이 무리였는지 모른다. 관객이 적으면 어쩌나 싶어 연신 공연장 안팎을 들락거리며 조바심하는 내게 멤버 한 명이 다가와 '단 열 명이와도 열심히 연주할 거라'며 오히려 나를 안심시킨다. 더러 무대공연을 보았지만 이렇게 힘이 드는 줄은 몰랐다. 처음 하는 공연인데다 곧 군에 갈 친구가 있어서 급하게 서두느라 어려움이 더 많았다. 올 여름은 유난히 무더웠다. 그 더위에 연습을 하느라 좁은 컨테이너 속에서 밤을 새우고 끼니도 거르면서 뛰어다녔다. 오늘도 자장면 한 그릇 먹었다는데 배고픈 기색이 없다.

공연시간이 다가올수록 나는 자꾸 객석을 둘러보았다. 관객의 반 이상은 청소년이고 부모님과 같이 온 학생들도 눈에 띄어 보기가 좋다. 어느 정도 자리가 찰 때쯤에야 조바심이 가라앉는다. 아들이 하는 음악은 락Rock이나 메탈Metal이다. 락의 원래 뜻은 바위로 그만큼 힘 있고 강함을 뜻한다. 락이 젊은이들에게 전하는 것은 옳고 그름에 대한 판단, 사회의 어두운 면에 대한 저항정신이다. 메탈은 락보다 더 힘 있고 강한 소재로 표현이 노골적이며 시끄러운 음악이다. 처음에는 이해도 어렵고 시끄럽게만 들리던 음악이 차차 귀에 익어 기타소리를 들으며 잠이 들곤하였다.

무대 위에서는 다섯 명의 멤버가 악기의 음을 맞추느라 여념이 없다. 음악을 좋아하는 고향 선후배 간이다. 드럼과 키보드, 베이스, 전자기타 그리고 보컬 겸 기타리스트인 아들이 나와 인사를 하고 막이 올랐다. 코리안 타임이라더니 공연이 시작된 후에야 관객이 몰려든다. 오늘 연주할 곡은 거의가 아들의 자작곡이다. 곡을 만들어 내게 들려주기도 하고 가사가 어떤가 묻기도 한다. 불우이웃을 생각하는 노래도 있고 마약퇴치와 환경문제를 다룬 곡도 있다. 아직 세상 물정 모르는 나이라 어리게만 보았는데 마약이나 환경문제까지 생각한다는 것이 젊은이답다.

아들과 지하 셋방에서 지내던 어느 날, 갑자기 바다가 보고 싶다기에 기차를 타고 대천에 간 적이 있다. 찬바람이 몰아치는 겨울 바다, 아들은 바다를 향해 목이 터져라 소리를 질렀다. 그리고는 바다 저 끝으로 걸어갔다. 한참 후에 걸어오는 아들은 바다에 무얼 버리고 또 무엇을 안고 왔을까. 그때는 가정적으로나 개인적으로 모든 것이 답답하던 시기였다. 바다에 속을 털어놓고 온 나도 헛헛한 마음을 달래야 했다. 아들과 나는 해변포장마차에 앉아 소주를 마셨다. 파도가 달려와 등을 다독인다. 술이 달았다. 집으로 돌아와 만든 곡을 들려주었다. 내 글을 누구보다 잘 이해하듯이 설명을 듣지 않고도 알아들을 수 있는 것은 아들의 음악이다. 지금은 비록 힘이 들지만 머지않아 어둠을 빠져나온 태양처럼 환한 빛이 우리의 앞날을 비추리라는 희망의 메시지가 담겨있었다. 음악을 들으며 힘을 냈다. 공연을 보면서 그날이 떠올라 뭉클해진다.

합주가 끝나고 아들은 기타를 메고 나왔다. 다른 친구들은 모두 퇴장하고 혼자서 독주를 한다. 수백 명의 관객 앞이라 당황해서 혹 실수를 하지 않을까 마음이 초조했으나 아들은 여유롭게 기타 줄을 어루만진다. 빠른 손놀림으로 경쾌하게 때론 격렬하게 폭발하듯, 호소하는 듯 이어지는 음률에 관객은 손뼉을 치며 하나가 되어 주었다. 무엇을 하든 여러 사람 앞에 선다는 일은 쉬운 일이 아니다. 더욱이 몇 백 명 앞에서 당당하게 기타를 치는 아들이 대견하고 자랑스럽다. 연주는 짧은 시간이었지만 이는 하루 이틀 사이에 이루어진 것은 아니다.

아들이 기타를 처음 만진 것은 초등학교 2학년 때였다. 생일선물로 사다준 것이 계기가 되어서 지금까지 줄곧 기타를 안고 살았다. 고등학교 다닐 때에는 학교를 그만두고 음악에만 전념하겠다고 고집을 부려 애를 태운 적이 있다. 학교를 졸업하고는 음악에만 몰두했다. 밤새도록 잠을 안자고 곡을 만들고 연습을 하였다. 주위 사람들이 시끄럽다 하기도 하고 언제 텔레비전에 나오느냐며 관심을 보이는 이도 있었다. 정말 아들은 음악에 미쳐 있었다. 취미로나 해 주었으면 하는 것이 부모의 바람이었지만 이제는 말릴 수도 없게 되었다.

아들은 몇 달 있으면 군에 입대해야 한다. 군복무를 마치고 더 성숙해지면 알아서 제 갈 길은 찾아 가겠지만 그때에도 음악에 대한 열정이 식지 않는다 해도 도리가 없는 일이다. 힘이 닿는 데까지 도와서 젊은 날이 담겨있는 앨범 하나쯤 만들게 하고 싶다. 공연이 거의 끝나가는 모양이다. '마지막 고백'을 열창하자 여기저기서 꽃다발을 들고 나오고 아들은 꽃다발을 받아 안고 행복해한다. 노래가 끝난 뒤, '앵콜' 소리가 들리고 '오빠 사랑해' 소리도 섞인다. 짧은 시간이었지만 하나가 될 수 있었던 것은 음악의 힘이었다. 앵콜송이 끝나고 갈채와 박수가 길게 이어졌다.

아들과 멤버들이 인사를 하느라 무대에서 내려왔다. 그런데 이게 웬일인가. 사인을 해달라고 학생들이 모여들었다. 인기가수나 되는 양 사인을 하고 있는 우리아들, 꽃처럼 환하고 아름답다. 음악의 생활로 내딛는 아들의 첫무대는 갈채 속에 끝이 났다. 관객들도 만족해 찬사를 아끼지 않았고, 어미인 나도 흐뭇했다. 음악의 열정으로 살아가겠다는 아들의 앞날이 음악처럼 즐거우리라 믿으며 학생들에게 둘러싸여 행복해하던 그 순간처럼 밝고 화사하게 살아가길 바랄 뿐이다.

1997. 가을

죽 쑤는 여자

좋은 표현은 아니지만 일이 제대로 되지 않았거나 실패로 돌아갔을 경우 흔히들 죽 쒔다는 말을 한다. 그런데 언제부터인지 내 별명이 '죽 쑨 여자'가 되어 버렸다. 실제로 나는 죽을 잘 쑤기도 하고 먹는 것도 좋아한다. 요즈음은 시중에 일회용 포장으로 나오는 것이 많아 힘들이지 않고 죽을 먹을 수 있지만 맛과 향은 직접 만드는 것과는 비교가 되지 않는다.

곡식이 귀하던 시절 적은 양으로 배를 채우는 데는 죽만 한 것이 없었다. 쌀 한 양재기 불려서 된장 조금 풀고 야채 죽을 끓이면 여덟 식구가 배를 채울 수 있었고, 모자라는 찬밥도 김치를 숭숭 썰어 넣고 끓이면 한 끼 때우기에 넉넉했다. 지금은 늘려 먹으려고 죽을 쑤는 게 아니라 맛과 영양으로 즐기는 시대가 되었다. 그래서인지 나는 뷔페에 가면 많은 음식은 제처 두고 죽 그릇에 먼저 손이 간다.

오늘은 입맛이 없어 아욱죽을 끓였다. 부드럽고 구수한 죽 한 그릇을 먹고 나니 보약이라도 먹은 듯 속이 뜨뜻하고 편안하다. 나는 이렇듯 죽을 좋아한다. 이가 튼튼치 못해 무른 것을 좋아하는지 몰라도 죽이라면 어떤 것이든 즐겨 먹는다. 그 중에 호박죽을 제일 즐기는 편이라 지난 가을에도 늙은 호박을 여러 개 얻어다 놓았다. 생각날 때마다 죽을 쑤려고 통풍이 잘 되는 곳에 두었는데도 군데군데 상하고 말았다. 버리기가 아까워 성한 데를 발라서 죽을 쒔는데 제 철이 아니라 그런지 맛이 덜했다.

가을이면 호박죽 쑤는 일을 연례행사처럼 하던 때가 있었다. 두꺼운 껍데기를 벗기고 팥과 함께 삶다가 나중에 찹쌀가루를 버무려 넣고 한소끔 더 끓여낸다. 그것이 별식이나 되는 것처럼 언제나 이웃과 나누어 먹었다. 뜨거우면 뜨거운 대로 차가우면 찬대로 호박죽 맛은 참으로 각별하다. 어디 호박죽뿐인가. 계절마다 제철 곡식이나 채소를 넣고 묽게 끓인 죽은 맛도 있고 영양가도 많아 밥을 먹을 수 없는 노약자나 입맛이 떨어진 사람에게는 최고의 음식이다.

어찌하여 내게 '죽 쑨 여자'라는 별명이 붙었는지 내 귓가에서 죽 쑨 여자라는 말이 떠나지 않는다. 죽을 좋아하고 죽을 잘 쑤는 여자라고 붙인 변명일 수도 있겠지만, 삶을 죽 쑤듯이 살아왔다고 하는 말같이 들리기도 한다. 그러고 보니 나는 정말 죽 쑤는 여자인지 모른다. 지난 세월 무던히도 애썼는데 어느 날 문득 돌아보니 허물투성이 죽 쑨 인생이었다. 어느 누가 세상을 죽 쑤듯이 살고 싶으랴마는 사는 일이 생각대로 되지 않으니 어찌 하겠는가.

이웃에 사는 이가 농사지은 거라며 늙은 호박 하나를 가져왔다. 호박답지 않게 모양이 괜찮아 잘 보이는 곳에 올려놓았다. 지금은 그럴 생각이 없지만 어느 바람 부는 날 그것을 내려 죽을 쑬 것이다. 인생의 죽을 쑤는 여자가 아니라 이웃과 따뜻함을 나눌 죽을 쑤는 '죽 쑨 여자'가 되고 싶기 때문이다.

1997. 가을

철든여인

갑자기 한밤중에 넘어져 병원으로 실려 갔다. 한 치 앞도 내다볼 수 없고 자기 자신조차 통제하지 못하는 나약한 존재가 사람인가보다. 요즘 들어 다리 힘이 없어 넘어지는 일이 잦았으나 뼈가 그렇게 약해진 걸 몰랐다. 엑스레이 사진을 들여다보던 담당 의사의 말이 오른쪽 다리가 비틀리면서 넘어져 위아래가 사선으로 부러졌다고 한다. 눈을 감고도 다닐 수 있는 내 집에서 넘어져 다리가 부러졌다는 것은 나도 믿어지지 않는 일이다.

수술실로 향했다. 부러진 뼈 속에 철심을 박고 깁스를 한다고 하였다. 불안해하는 내게 아들은 "잠깐 주무시면 끝나요."하며 안심을 시켰지만 저승으로 끌려가는 기분이었다. 수술대 위에 불이 환하게 켜지고 허리에 부분 마취를 했다. 쥐가 나는 듯 저리다가 점점 감각이 없어진다. 하나, 둘, 셋, 넷… 세는 동안 공포의 두려움이 온몸을 짓누르는데, 하필 이 순간 누가 음악을 틀었을까. 어디선가 베토벤의 운명이 들려온다.

잠깐 졸다 깬 것 같은데 수술이 끝났다. 저승 문 앞을 다녀 왔건만 아무 일도 없었던 것처럼 아프지가 않다. 예상했던 시간보다 수술이 오래 걸려 아들은 긴장하고 있었나 보다. 만약에 '뼛속에 철심을 박을 수 없을 때, 다시 빼고 철판으로 감싸야 한다'고 하여 걱정을 하고 있었던 모양이다. 수술이 잘 됐다고 한다. 그러나 마취가 깨면서 허리가 끊어진다. 무릎 위까지 깁스를 하고 항생제, 진통제를 수시로 맞았다. 죄인처럼 수의를 걸치고 하루 세 끼 먹으면서 아무것도 할 수 없는 나는, 철 든 여자다.

수술을 마치고 엿새 만에 휠체어를 타고 화장실엘 갔다. 아들이 머리를 감겨주고 발도 닦아준다. 효도를 받은 것 같아 기분이 좋지만 어미 때문에 제 할 일을 못 하는 아들에게 미안한 생각이 든다. 이 상황에 자식 아니면 누가 곁에서 돌봐 줄 것인가. 모두 바쁜 세상이라 가족이 할 일을 간병인이 대신 하지만, 정으로 보살피는 피붙이만 하겠는가.

병원에서 한 달이 넘도록 있었다. 6인실 병동이라 서로들 걱정하고 하소연을 하여 환자들의 집안사정을 대충 알게 되었다. 바로 옆자리에 입원한 노인은 세 딸이 번갈아 보살펴 병원에서도 호강을 한다. 그 옆에 누워 있는 노인은 늙어 병드니 아들 며느리가 본 척도 안한다고 눈물로 하소연을 한다. 딱한 사연도 많다. 요양원에서 실려 온 환자가 링거 줄을 빼 던지고 소리소리 질러 간호사가 달려와 실랑이를 한다. 아들은 행방 불명이고 딸은 가까운 곳에 살고 있는데 노모를 찾지 않는다고 한다. 노인은 몸부림을 치다 꺼이꺼이 한 맺힌 울음을 운다. 짐승도 사랑받지 못하면 사나워지거늘 늙고 병들어 자식에게 버림받았다고 생각하면 얼마나 서럽겠는가. 동기간만 가끔씩 찾아와 간병인에게 부탁을 하고 간다. 사는 일 못지않게 늙어 잘 죽는 복도 타고나야 한다는 옛 어른들의 말이 무슨 뜻인지 알 것만 같았다.

누군들 늙어서 가족을 힘들게 하고 싶을까마는, 늙고 병들어 몸이 말을 안 들으니 어찌하겠는가. 간병인은 환자를 어린아이 다루듯, 밥을 먹이고 몸을 닦아준다. 다른 환자의 불편함도 도와주고 병실 분위기도 밝게 하는 나이 든 간병인은 "늙어서 아프면 양로원으로 가야 한다."고 했다. 부모를 공경해야 하는 것은 당연한 일이나, 부모라는 이유로 자식의 앞길을 막아서는 안 된다는 것이다. 자식을 두고 왜 양로원에 가느냐는 사람도 있겠지만, 요즘같이 힘든 세상에 부모가 의식을 바꿔야 자식들이 덜 힘들다는 간병인의 말에 고개가 끄덕여졌다.

입원한 지 벌써 2주가 된다. 수술자리 실밥을 뽑고 나서 다시 통 깁스를 했다. 돌덩이가 매달린 것처럼 무겁고 답답하다. 그러나 시간이 지나면 걸을 수 있기에 아무 생각 없이 쉬기로 했다. 급한 일도 바쁠 것도 없는 병원생활, 평생 처음 받은 휴가를 즐기듯 느긋하게 책을 보면서 먹고 자고 뒹굴뒹굴 시간을 보낸다.

밖에는 첫눈이 탐스럽게 내린다. 유리창에 와 닿는 바람도 첫눈도 움직일 수 없는 사람에겐 그냥 창밖의 풍경일 뿐이다. 도로는 삽시간에 눈이 쌓이고 차들은 기어간다. 바로 아래 버스 두 대가 빙판에 미끄러져 몸을 맞대고 있다. 젊은이들은 거리로 쏟아져 나와 눈을 맞으며 걷는다. 5층 병동에서 내려다보고 있으려니 걸어가는 사람들이 부럽기만 하다. 첫눈을 맞으며 자유로이 걷고 있는 저들은 자신이 얼마나 행복한지 아마 모를 것이다.

한 달 열흘 만에 깁스를 풀고 다리가 감옥에서 풀려났다. 목욕까지 하고나니 날아갈 것만 같다. 축하한다며 한 턱 내라고 하여 음식을 푸짐하게 시켜놓고 그동안 고마웠던 이들에게 인사를 했다. 다시 태어난 것 처럼 걸음마를 배운다. 뛰어 다닐 것 같은 마음과는 달리 발목과 다리가 퉁퉁 부어 걸을 수가 없다. 너무 혹사시킨 다리에게 미안하다.

촛불을 켜고

나는 지금 걷지 못한다. 그러나 머지않아 길 위에 설 것이다. 넘어지지 않았다면 알지 못했을 것을 휠체어를 타고 낮은 곳에서 세상을 바라보며 많은 것을 배웠다. 인간이란 넘어지고 좌절하면서 겨우 뭔가를 배운다. 내 곁에서 걱정하고 바라보는 나를 사랑하는 사람들이 있는 한, 끝내 일어나 앞으로 나아갈 것이다.

2008. 겨울

촛불을 켜고

늦은 밤, 전깃불이 두어 번 깜빡거리더니 기어이 불이 나가고 말았다. 곧 들어오려니 하고 기다렸지만 쉽게 들어오질 않는다. 한밤중이라 잠들어 있는 사람들은 불이 나간 줄도 모르고 있을 테지만, 가게 문을 닫지 않고 있는 나로서는 당황할 수밖에 없다. 갑자기 빛도 소리도 없어지니 세상 모두가 정지된 느낌이다. 비바람이 몰아치는 날 이런 일이 더러 있었으나 이렇게 한동안 전기가 나간 것은 드문 일이다. 한참이나 더듬거려 양초를 찾아내 불을 밝혔다. 심지에서 불꽃이 차츰 커지더니 주위가 환하게 제 모습을 드러낸다. 한 치 앞도 보이질 않고 적막했던 주위가 촛불 하나로 어둠을 밀어낸다.

촛불을 두어 개 더 켜서 탁자 위에 갖다 놓았다. 명암이 뚜렷하지 않고 얼굴의 윤곽만 흐릿하지만, 촛불을 가운데 두고 마주앉은 사람들은 마치 축제를 시작 하려는 분위기처럼 아름답게 보인다. 촛불이 켜 있는 내 자리로 돌아와 조금 전에 읽던 책을 다시 폈다. 희미하긴 하지만 그런대로 읽을 만했다. 전등불의 밝은 빛에 비하면 촛불은 답답하긴 해도 소리 없이 어둠을 밝히는 품이 또 다른 느낌을 갖게 한다. 전등불이 사리에 밝고 계산적인 도시인의 모습을 닮았다고 한다면 촛불은 세상과 대항할 힘이 없는, 어찌 보면 어리숙해 보이는 시골사람과도 같은 모습이다.

문화의 혜택을 받지 못하고 자라서인지 나는 눈이 부시도록 환한 전등불 보다는 촛불을 더 좋아한다. 어릴 적 우리 동네엔 전기가 들어오지 않았다. 기나긴 겨울밤이면 엄마는 촛불을 켜고 해진 양말을 꿰매면서 옛날이야기를 해주었고, 우리는 아랫목 이불 속에 발을 묻고 귀를 쫑긋 세웠다. 콩쥐팥쥐나 장화홍련전 같은 슬픈 이야기와 힘이 장사인 외할아버지가 도깨비와 밤새도록 씨름을 해서 이겼다는 이야기는 정말 재미있었다. 앞산 골짜기에 6·25사변 때 인민군이 많이 죽었는데 비가 부슬부슬 내리는 저녁 무렵, 나무하러 갔던 아버지가 귀신을 보았다는 이야기는 손에 땀이 나도록 무서웠다. 엄마의 이야기를 듣다가 한방에 쪼르륵 누워서 잠이 들었고, 촛불은 몸을 다 태우며 은은한 빛으로 우리를 감싸주었다.

촛불 켜기를 좋아하는 나는 절에 갈 때마다 쓰다 남은 초를 얻어다 모은다. 어둠을 밝히는 수단으로서가 아니라, 마음이 울적하거나 풀지 못할 숙제가 있을 때 촛불을 켜고 마음을 밝히곤 한다. 몇 년 전에 학원건물 주인이 세를 올려달라고 했을 때이다. 여의치 못해 차일피일하던 중 어느 날 갑자기 불이 나갔다. 매정하게도 주인이 전기 스위치를 내린 모양이다. 황당한 일이었지만 공부하던 학생들을 어둠 속에 있게 할 수는 없는 일이어서 2층에서 아래층 계단까지 양쪽으로 촛불을 밝혔다. 절에 갈 때 마다 초 동강을 얻어다 놓았기에 넉넉히 밝히고도 남았다. 촛불을 켜 놓았더니 학원생들은 무슨 좋은 일이 있느냐며 즐거워하였다. 백여 개의 촛불은 어둠을 밀어내고 환하게 주위를 밝혀 준다. 미풍에도 흔들리는 촛불을 바라보며 조금 전에 당황하고 무거웠던 마음이 멀어져갔다.

무엇 때문인지 꼭 집어 말할 수는 없어도, 촛불을 켜고 앉으면 마음이 차분해지고 기도하는 마음이 된다. 그래서 나는 가끔 촛불을 켠다. 촛불과 마주하고 앉으면 혼자 있어도 혼자가 아니고, 미움도 마음에서 몰아내는 여유도 갖는다. 아마 이런 때가 가장 진실한 순간인지도 모른다. 온갖 상념에 젖어 있는데 전기가 들어왔다. 그런데 손님들은 오히려 촛불이 좋다고 한다. 나도 오늘 저녁만은 촛불의 정서 속에 있고 싶어 전기 스위치를 내렸다.

1998. 가을

2

蘭과 女人

광풍에 스러진 꽃잎

올봄은 이상고온으로 꽃들이 한꺼번에 피었다 서둘러 가버렸다. 열흘 전만 해도 일제히 꽃망울을 터트려 눈부시던 벚나무가 바람 부는 대로 꽃잎을 흩뿌린다. 오랜만에 인적 드문 능역 벚나무가 늘어선 하얀 길을 걸었다. 꽃잎은 나무둥치를 떠나지 못하고 발치마다 소보록하게 쌓여있다. 떨어진 꽃잎이 곱다. 차마 밟을 수 없어 쪼그리고 앉아 아직 향기가 묻어있는 발그레한 꽃무덤을 들여다본다. 산과 들이 연둣빛으로 피어나는 봄은 모든 이들이 꿈꾸는 희망의 계절이다. 꽃 피고 순 돋는 계절에 일찍 떨어진 꽃잎을 보며, 진도 해역에 침몰한 세월호 참사가 아픔으로 겹쳐진다.

사고가 난 그날만 해도 전원구조 되었다기에 천만다행이라 가슴을 쓸어내렸다. 그런데 선체는 점점 기울어 물속으로 가라앉고 믿기지 않는 참사소식이 이어졌다. 망망대해도 아닌 우리의 바다 인근 해역에서 말이다. 침몰한 세월호는 인천과 제주를 오가는 국내 최대 규모의 여객선이다. 5백여 명의 승선자 중에는 수학여행을 떠나던 고등학생들이 단체로 타고 있어 학생들의 희생이 많았다. 안개 때문에 출항을 못할 뻔한 배가 인천 앞바다를 가르며 움직일 때 아이들은 설렘으로 얼마나 두근거렸을까. 그렇게도 부풀었던 수학여행은 영영 돌아오지 못할 길이 되었다.

세월호가 진도 앞바다에서 침몰한 지 열흘이 지났다. 구조 현장에는 뒤늦게 민간잠수부와 첨단장비가 본격 투입하여 기적을 바라지만 구조 소식은 들려오지 않는다. 인간이 가장 견딜 수 없는 것은 사랑하는 사람이 눈앞에서 고통을 당하거나 죽어가는 것을 어찌할 수 없이 바라볼 때이다. 짐승도 제 새끼가 죽임을 당하는 것을 본 어미는 창자가 까맣게 타들어간다. 잡혀가는 새끼를 쫓아 사흘 밤낮을 내달린 어미 원숭이의 창자가 토막토막 끊어져 죽었다는 고사는 괜스레 꾸며낸 말이 아니다. 하물며 바로 눈앞 차가운 바다 속에 자식이 있는데 속수무책 바라볼 수밖에 없는 부모의 고통을 어찌 말로 하겠는가.

팽목항에 한 스님이 제단을 만들어 희생자의 넋을 위로하는 백일기도를 시작했다. 실종자 가족들이 제단에 하나 둘 음식을 올려놓았다. 배 안의 친구들과 먹으라는 듯 치킨 두 마리를 올려놓았고, 누군가는 아이가 피자를 좋아했다며 커다란 피자 한 판을 올렸다. 밥과 과일, 탄산음료까지 차려져 기도를 올리는 제단은 아이들의 밥상이 되었다. 간절한 기도와 가슴 찢는 바람만 휘몰아치는 팽목항은 말하는 사람도 섣불리 말을 건네는 사람도 없다. 망연자실 검은 바다만 바라보는 실종자 가족들- 자식의 장례를 치른 부모들은 그들이 머물고 있는 진도체육관을 다시 찾는다. 그 아픔을 알기에, 먼저 장례를 치른 것을 미안하게 생각하며 진정으로 위로하고 슬픔을 끌어안는다.

온 나라가 슬픔에 빠져있다. 곳곳에 분향소가 차려지고 애도의 발길이 줄을 잇는다. 이 비극을 어떤 악마가 시작한 것일까. 과연 신이 있기라도 한 것일까. 공부하라면 하고, 가만히 있으라면 그대로 따르던 말 잘듣던 착한 아이들에게 이건 너무 가혹하지 않느냐고 신을 원망하며 금촌역 앞 합동분향소를 향해 걸었다. 상복차림의 남자들이 서성이는 금촌역 광장은 비까지 내려 어둡고 침울하다. 우산을 받은 조문객 행렬은 끝없이 이어지고 무사귀환을 염원하는 노란 리본은 빗속에서 함께 눈물을 떨구고 있다. 꽃 한 송이 바치고 애통해 하면 이 슬픔 덜어지려나. 나이 먹은 사람이 푸르디푸른 영혼에게 국화꽃 바치는 일은 차마 못할 일이어서 가여운 넋, 부디 편안한 곳에 영면하기만을 빌었다.

세월호 참사로 목숨을 잃은 이들의 애절한 사연이 아프게 들려온다. 결혼을 앞둔 승무원은 승객의 구조를 돕다가 죽어서야 부부가 되었고, 머나먼 땅으로 시집와 행복을 가꾸던 베트남 여인도, 결혼 일 년 만에 어렵사리 신혼여행을 가던 부부도, 하루아침 몰아친 광풍으로 소중한 삶이 스러졌다. 학생들의 수학여행을 인솔하던 교감은 3백 명 이상 사망과 실종자를 낸 대형 참사에서 구사일생으로 구조되었으나, 죄책감에 시달리다 끝내 죽음을 택했다. 아이들을 안전하게 지키지 못한 어른은 죄인이다. 자식 같은 제자들의 죽음 앞에 살아있다는 그 자체가 고통이었던 교감은 차디찬 바다 속에 갇혀 오가지 못하는 아이들 곁으로 다시 돌아갔다. 그곳에서 선생노릇을 하겠다는 유서를 남기고.

위급한 상황에 처하면 인간의 본성이 드러나게 마련이다. 무수한 생명을 앗아간 이번 참사는 사람의 양극단을 보여준 사례다. 가라앉는 배 안에 갇힌 승객을 버리고 도망간 선원들이 있는가 하면, 목숨을 내던지고 승객을 도운 의로운 승무원도 있었다. 배가 기울며 벽이 바닥이 되자 열린 출입문을 닫아 탄탄한 바닥이 되게 만든 뒤, 수십 명을 구출한 박지영 승무원은 "언니도 어서 나가야죠" 하자 "너희들 다 구하고 난 나중에 나갈게, 선원은 마지막이다" 하며 학생들을 도왔다 한다. 물이 차오르는 선실에 갇혀 구명조끼마저 친구에게 양보한 어린 학생도, 마지막까지 제자들을 구하려던 선생님도 안타깝게 목숨을 잃었다. 모두 거룩한 죽음이다. 생과 사가 교차되는 갈림길에서 스스로 빛이 되어 삶을 완성한 이들은 세상을 밝히는 등대가 되었고, 캄캄한 어둠에서 우리는 희망을 보았다. 가족 잃은 슬픔으로 깊은 절망에 빠진 유족들이 하루빨리 고통과 상처를 딛고 일어섰으면 좋겠다. 봄이 봄 아니고 꽃이 꽃답지 않은 잔인한 계절이 느리게 지나간다.

2014. 4

나를 품어 키워준 둥지

낯익은 고향 길이다. 주내에서 문산으로 가는 중간에 위치한 파주읍 향양리에는 허리 굽은 노모와, 자연과 더불어 순박하게 살아가는 형제들이 살고 있다. 향양리向陽里라는 우리 동네 이름은 조선의 성리학자 우계牛溪 성혼成渾선생의 묘소가 있어, 많은 제자들이 서당을 세우고 태양을 바라보듯 하였다 하여 붙여진 이름이다. 나지막한 산자락을 의지한 동네 안능안, 우계마을, 서적개, 생말, 발이골 다섯 개의 작은 마을이 있는 향양리는 조상이 뼈를 묻고 부모의 땀방울이 배인 논과 밭이 있는 곳이다. 언제 어느 때 찾아와도 정겹고 푸근한 곳, 내 유년의 발자국이 새겨진 산골마을 향양리는 나를 품어 키워준 고마운 둥지이다.

서적개, 생말을 지나 발이골 들머리에 '명성산캠프장' 팻말이 보인다. 초등학교 친구네 가지 밭을 지나, 푸른 들판을 가로질러 들어가면 3면이 산으로 둘러싸인 깊은 골짜기가 나온다. 아래쪽에는 미니 풀장이 있고, 시원하게 물을 뿜는 분수대 주변 나무 그늘에는 색색의 텐트가 빼곡

하다. 사촌동생이 얼마 전에 개장한 캠프장이다. 문을 연 지 얼마 안 되어 찾아오는 이가 없으면 어쩌나 걱정 했는데 빈자리가 없어 보기가 좋다. 우리는 아무도 없는 제일 꼭대기 옥수수 밭 옆에 자리를 잡았다. 아이들이 텐트를 치는 동안 캠핑장 주위를 한 바퀴 돌았다. 분수대 위 평지에는 열댓 명도 앉을 수 있는 텐트가 두엇 쳐 있고, 옛 우물터 앞에는 매점도 있었다. 식수대, 샤워장, 화장실도 깨끗해 집을 나왔어도 전혀 불편함이 없을 듯하다. 이렇게 깊숙한 곳에 보물처럼 숨겨진 골짜기가 있을 줄이야. 이 근방 산길은 초등학교 다니던 길목이라 손바닥 보듯 훤한데 여기는 와 본 적이 없다.

아이들은 소꿉놀이하듯 요리를 하고 상을 차린다. 간단하게 조리하면 금방 먹을 수 있는 음식과 다양하고도 편리한 야외용품이 이렇게 많은 줄을 몰랐다. 해가 설핏해 더위가 가시자 셋째 동생 내외가 엄마를 모시고 왔고, 사촌 여동생은 밭에서 금방 따서 찐 옥수수와 복분자 열매, 맥주까지 배낭에 가득 짊어지고 나타났다. 최상의 만찬이 준비되었다. 엄마는 자리에 앉기도 전에 "여기가 난리 통에 너를 낳은 능골이야" 하신다. 6.25 사변이 터지자 피난 가서 나를 낳았다는 말은 들었지만, 여기가 그곳일 줄이야. 텐트 바로 옆 산비탈이 나를 낳은 움막 터라니 고향을 제대로 찾아온 셈이다.

전쟁이 끝나 집으로 돌아간 후 엄마는 이 골짝을 올 일이 없었다. 60년이 넘어 생각지도 않게 이곳을 다시 찾았으니 얼마나 감회가 새로울까. 엄마는 그 끔찍했던 전쟁과 피난살이의 산증인으로 어제의 일인 양 생생하게 기억하고 있었다. 중공군이 밀고 내려와 향양리 사람들은 보따리를 싸가지고 이 골짜기에 움막을 짓고 살았는데, 골이 깊어 다행히 적의 눈을 피할 수 있었다 한다. 도토리 줍고 나물 뜯어 멀건 죽으로 가까스로 연명하는 가운데 내가 태어난 이야기가 이어진다. "펄펄 끓는 복중에 움막에서 산통이 시작되는데 먹은 게 있어야 힘을 주지. 꼬부랑 할머니는 '어미나 살리자'며 법원리로 의사를 데리러 보내고, 할머니는 정화수 떠놓고 한나절을 빌었는데 오후 세시가 되니까 할 수 없이 기어 나오더라"하시며 웃는다. 쌀이 없어 백동식이네서 쌀 한 양재기 꿔다가 첫국밥을 끓였고, 면사무소에서 애 낳았다고 안남미 한 말 줘서 젖을 물릴 수 있었다는 이야기를 들으며 스물네 살 안쓰러운 엄마의 모습이 떠올라 얼른 고기 한 점을 입에 넣어 드렸다.

능골은 내가 세상에 태어나 젖을 물고, 처음 입을 떼면서 엄마를 부른 골짜기다. 엄마, 엄마, 살면서 힘들고 고통스러울 때 나지막이 엄마를 얼마나 많이 불렀던가. 위급한 상황 무의식 중에 튀어 나오는 이름도 엄마요, 생을 거둬들일 때 마지막 부르는 이름도 엄마라는 소중하고도 슬픈 이름이다. 엄마라는 단어는 대체 어떤 힘을 가졌기에 고통 속에서도 부르면 힘이 솟고, 곁에 계시다는 것만으로도 의지가 되는 것일까. 이 세상에 엄마라고 부를 수 있는 엄마가 있는 사람은 가장 행복한 사람이다. 지금 내 곁에는 엄마가 계시고, 나를 엄마라고 부르는 아들과 아들이 사랑하는 희석이와 동생들이 있다. 어둠이 내리는 산골에 앉아 시원한 맥주에 옥수수, 달콤한 복분자 열매를 먹으며 행복하다. 엄마 얼굴을 바라보고 모여앉아 피난살이 이야기가 밤늦도록 꽃을 피운다.

엄마와 동생들은 돌아가고 앉았던 의자를 뒤로 젖혀 하늘을 올려다본다. 얼굴에 와 닿는 밤이슬이 기분 좋게 촉촉하다. 소풍가듯 가벼운 마음으로 나왔는데 뜻밖에 많은 선물을 받은 느낌이다. 며느릿감도 자연스레 인사를 시켜 좋았고, 내가 태어난 자리에서 엄마와 함께 즐거운 시간을 보낼 수 있어 행복했다. 사람들은 자기를 품어 키워준 둥지를 늘 그리워한다. 파주에서 나서 평생을 파주에 살아도 탯줄을 묻은 골짜기에서 보내는 오늘밤은 각별하다. 어둠이 사위를 둘러싸고 흐린 하늘에는 별 하나 깜빡인다. 저별은 내게 어떤 교신을 보내는 것일까. 총알이 빗발치는 전쟁 속에 목숨 걸고 낳아 주셨는데 그 값을 했느냐고 묻는 것만 같다. 흐린 하늘에 반짝이는 저 별 같이, 과연 나는 이 세상에 꼭 필요한 사람이었던가. 육십갑자 한 바퀴 돌아온 자리에서 이제야 나를 만나 지난 세월을 되새겨본다.

사람들이 잠에 빠진 한밤중은 산짐승들의 세상이다. 여기저기서 '국국' '국국' 부르는 소리, 슬픈 사연 그리도 많은가 소쩍새 울음소리 애절해 잠을 이룰 수가 없다. 외로워서 '국국' 서로 찾던 짐승들은 등 기대고 잠들었는지 이내 조용하다. 깊은 정적을 깨고 먼 데서 개 짖는 소리가 시끄럽다. 새벽닭 우는 소리도 우렁차게 들린다. 두어 시간 흘렀을까. 칠흑의 어둠도 힘찬 장닭 울음소리에 놀라 달아나고 산과 나무는 서서히 빛을 찾는다. 밤새 나무에 기대 앉아 나를 돌아보며 우주의 맑은 기운을 흠뻑 들이마시고 나니 어느새 자연과 하나가 되었다. 풀벌레가 일제히 깨어나 생명의 기쁨을 노래하는 청정지역 능골에서 다시 태어난 듯 참으로 경이로운 아침을 맞는다.

蘭과 女人

찌는 듯 더운 날, 가깝게 지내는 여인이 난 한 분
盆을 안고 왔다. 차를 두어 번씩 갈아타면서 찾아온 정이 고마워 반색을
하였으나 손을 잡은 그녀는 왠지 기운이 없다. 성격이 활달하고 유머가
풍부해 주위사람을 유쾌하게 만들던 이가 오늘은 평소와 달리 시무룩
하다. 무슨 일이 있는가싶어 조심스레 물어 보았다. 부도가 났다고 한다.
세상이 이렇게 냉정할 줄을 몰랐다며 그녀는 답답한 속을 털어놓는다.

사업이 망하고 가세가 기울다 보니 그렇게 가깝게 지내던 사람들이
등을 돌리고 주위의 인심도 전과 같지 않다고 했다. 빚 독촉에 시달리던
남편은 모든 것을 포기하고 산속으로 들어갔고, 아이들은 친정에 맡겼
지만 하루 이틀도 아니고 더는 견딜 수 없어 차라리 이민을 가기로 했다
고 하였다. 고생을 해도 내 나라에서 해야지 말도 안 통하는 낯선 땅에서
그 외로움을 어떻게 견디려는가. 다른 길을 생각해 보라고 했으나 고개
를 가로 저으며 가족이 떨어져 살아야 하는 고통은 겪어보지 않은 사람
은 모른다 하였다. 젊은 부부가 맞벌이를 하면서 사회생활도 원만했다.

어쩌다가 그 지경이 되었는지 너무도 절박한 사연에 나는 아무런 위로의 말도 할 수가 없었다.

난을 앞에 놓고 다짐이라도 하듯 꼭 성공해서 돌아오겠다고 한다. 몸은 성하니 어디에 가서도 살아가기야 하겠지만 나서 자란 고향을 떠나는 것이 가슴 아프다 하였다. 손때 묻은 가재도구는 거의 다 버렸고 쓸 만한 것은 원하는 이에게 주었으나, 난만은 내게 주고 싶다고 한다. 난을 키우는 것은 기품 있는 향기를 즐기기 위함이다. 난을 바라보고 있노라면 잡념도 사라지고 은은한 향기에 취하고 만다. 그 누군들 그렇게 고고한 삶을 살고 싶지 않으리. 이제 그녀는 난향을 즐길 여유가 없다.

한 세상 살아가다 보면 순간적인 사고나 시행착오로 인해 예기치 않은 불행을 겪게 된다. 갑자기 앞이 보이지 않고 막막하게 느껴질 때는 그 어떤 위로의 말도 가슴에 와 닿지 않는다. 고통은 누구에게나, 어디에나 있으나 어떤 시련이든 결국은 이겨내야 한다. 내 집에 올 때 싱싱하던 난은 날이 갈수록 시들어 간다. 책상머리에서 생기를 잃어가는 난을 보고 있으면 낯선 땅에서 고생하는 그녀의 얼굴이 보이고 되돌아보고 싶지 않은 지난날의 시련들도 스쳐간다. 그러나 지금 내가 이렇게 꿋꿋하게 설 수 있었던 것은 지난날 그것을 이겨냈기 때문이다.

세상 찬바람에 가슴 시린 날, 우연히 펼친 책 속에서 '신이 우리에게 절망을 주는 것은 우리를 죽이기 위함이 아니다'라는 구절을 읽었다. 그 한 구절은 삶에 대한 회의와 좌절로 절망의 늪에 빠져 있던 나에게 위로가 되었고 희망과 용기를 갖게 했다. 그녀도 지금은 모든 것을 잃은 것 같아 절망 하지만 시련을 견디고 난 후 더 많은 것을 얻을 것이다. 그녀는 왜 난을 내게 주고 갔을까. 물질을 탐하지 말고 의롭게 살라는 뜻 이었을까 아니면 사람의 영혼을 맑게 하는 그 향기로 살라는 것일까.

메마른 날씨가 계속되더니 오랜만에 소나기가 쏟아진다. 답답했던 가슴이 뚫리는 듯 시원스럽다. 빗속에 난을 내다 놓았다. 맑은 바람 한 점 없는 탁한 공간 속에서도 새순을 틔운 가녀린 난은 비바람에 세차게 흔들린다. 이 비가 그치고 갠 하늘에 구름 한가로이 흘러가면 생기를 잃었던 난은 다시 기운을 차릴 것이다. 아름다운 꽃을 피우려면 햇빛도 있어야 하고 매서운 바람도 견뎌내야 한다. 비바람에 흔들리는 난 잎 사이로 그녀의 밝은 얼굴이 스쳐 지나간다.

1999. 여름

글과말

바쁠 것 없는 오후, 서점에 들러 책을 고르는
일은 무엇과도 바꿀 수 없는 즐거움이다. 오늘은 글 쓰는 모임에서 원고
마감을 하고 홀가분한 마음으로 몇이 서점엘 들렀다. 서점에 가면 책 냄
새를 맡으며 구경하는 것만으로도 행복하다. 새로 나온 책을 뒤적이며
글쓴이의 마음을 엿보기도 하고 책이 나오기까지 들어간 공력을 생각하
기도 한다. 그러다가 사고 싶던 것을 만나면 보물을 얻은 듯 기쁘다.

내가 사는 파주에는 예술인 마을 헤이리가 있다. 그곳에 출판사가 운
영하는 서점이 있어 가끔 찾아가 구경을 하고 필요한 책을 고르기도 한
다. 오늘도 3층까지 천천히 걸어 올라가며 책을 뒤적이다가 〈우리글 바
로 쓰기〉와 〈고구려 왕조실록〉 두 권을 골라 샀다. 글을 쓸 때 필요하기
도 하고 중국이 고구려 역사를 왜곡하는 요즈음 꼭 읽어야 할 것 같아서
이다.

묵직한 두 권의 책은 글쓴이의 선물인 듯 뿌듯하다. 빨리 읽어보고 싶
어 건물 맨 위층인 3층 문을 열고 밖으로 나갔다. 탁자 위에 파라솔을 엊

어 놓아 앉아 쉴 수 있는 자리가 있었다. 나무와 들꽃이 있고 새들이 노래하는 산자락을 연결해서 만든 자연 공간은 푸르고 신선했다. 야외에 앉아 우리글 바로 쓰기를 펼쳤다. 잠깐 읽으면서 나 자신도 잘못 쓰고 있는 우리글과 말이 많다는 것을 알 수가 있었다. 지은이는 '바르고 깨끗한 우리글과 말을 버려두고 어설프고 불순한 남의 나라 글을 즐겨 쓰는 민족이 우리 말고 어느 땅에 또 있겠느냐'며 답답한 심정을 털어 놓았다.

책장을 넘기는데 차를 시키라고 차림표를 내민다. 서점을 찾는 사람들을 위한 쉼터인줄 알았었는데 서점에서 운영하는 찻집이었던 모양이다. 그런데 차림표가 영어로만 쓰여 있다. 외국인이 많이 오는 곳에서는 더러 우리 글 밑에 외국어를 써 넣은 것은 보았어도 이렇게 우리글이 한 자도 없는 차림표는 처음 본다. 나는 '영어를 몰라서 차를 시킬 수 없다'며 종업원에게 억지를 부렸다. 세계가 하나인 시대에 외국어를 안 쓸 수는 없지만 내 나라에서 내 나라 글을 쓰지 않고 남의 나라 글만 써 놓은 것은 자존심이 상하는 일이다. 더욱이 책을 다루는 건물에서 자기 나라 글을 이렇게 천대할 수가 있을까 싶어 화가 났다.

우리 민족은 불과 한두 세대 전에 일제강점기를 겪었다. 왜적의 말발굽아래 강제로 창씨개명을 하고 말과 글을 빼앗겼다. 그 시대를 겪은 어른들의 말을 들어보면 어찌 견뎠을까 주먹이 불끈 쥐어진다. 그러나 조상들은 모진 핍박 속에서도 고난을 겪으면서 우리의 것을 되찾았다. 우리는 태어나서부터 말과 글을 배우며 자란다. 말과 글은 곧 사람이고 나라 아닌가. 우리를 길러 준 내 나라의 말과 글, 우리의 혼이 담긴 말과 글을 잃어버리면 민족도 나라도 없는 것이다.

중국이 고구려사를 왜곡하더니 이제는 어린아이도 알고 있는 세종대왕 때 만들어진 측우기가 자기네가 만들었다고 우기고 있다. 그 이유는 측우기가 만들어진 연호年號가 중국연호로 쓰여졌기 때문이라고 한다. 그 시대 동아시아 지역은 대부분이 중국 연호를 쓰고 있었는데, 그것을 근거로 측우기를 자기네가 만들었다고 한다니 방심 하다가는 또 무엇을 뺏으려 할는지 모르는 일이다.

요즈음 학생들이 만들어 내는 유행어나 인터넷 용어들은 잘 알아들을 수가 없다. 방송의 오락 프로나 연속극에서도 오가는 대화도 잘못 쓰는 말이 너무나 많다. 거리에 나붙은 간판이나 상품광고도 영어투성이다. 번화한 거리의 간판이나 높은 건물일수록 우리 이름이 아니다. 쉬운 우리글로 쓰면 촌스럽고 외국어로 써 놓으면 멋지고 격이 있어 보이는 것일까. 도시 한복판에 걸려있는 간판을 보면서 여기가 정녕 대한민국인가 할 때가 있다.

인도네시아 소수민족인 '찌아찌아족'은 한글을 공식문자로 채택했다. 그들은 자기네의 고유의 민족어인 국어를 인도네시아어로 표기할 수 없어 애를 태우다 한글로 표기할 수 있다는 사실을 알고 한글을 공식문자로 받아들였다 한다. 먼 나라 소수민족인 찌아찌아족은 자기네 고유어를 보존하려고 우리의 한글을 채택했는데, 우리는 내나라 모국어를 업신여기고 남의 것만 찾으려 한다. 세계에서 가장 합리적이고 과학적인 한글, 우리에겐 우리 것이 가장 소중하다. 우리의 글과 말을 아끼고 가꾸는 것은 우리가 해야 할 일 아닌가.

2004. 가을

설날 아침, 서설이 내리면

아버지께서 저희들 곁을 떠나 하늘나라로 가신 지 어언 아홉 해가 흘렀습니다. 그곳에서 잘 계시지요. 그동안 저희도 나이가 들어 머리가 희끗해졌고, 가방 메고 초등학교 다니던 고만고만한 조카들도 대학생이 되고 의젓한 사회인이 되었습니다. 아버지, 내일이 설이라 저희들은 엄마 곁으로 설 쇠러 왔어요. 가까운 데 살면서도 형제들이 다 모이는 건 명절뿐이랍니다. 엄마는 며칠 전부터 떡이며 만두, 녹두전까지 부쳐 몫을 지어 놓고 저희들을 기다리십니다. 여든의 나이에 건강하신 것만도 축복이라 여기고 이젠 일손을 놓으셨으면 해도, 자식들이 좋아하는 것을 만들어 바리바리 싸 주십니다. 이 은혜 어찌 갚을까요. 우리 여섯 남매 손톱이 닳도록 키워 주셨건만, 저희들은 한 분 어머니를 편히 모시지 못하고 제 살기에 바쁘답니다.

이번 설엔 뭔가 특별한 것을 해드리고 싶어 전화를 드렸더니, 십 원짜리 동전이나 가져 오라고 하십니다. 경로당에서 심심풀이 고스톱을 치는데 십 원 내기를 하신대요. 집안에 있는 동전을 다 모아 예쁜 지갑에 넣고 화투까지 한 질 사다 드렸더니, 좋아하시며 고스톱을 배울 때 아버지가 문을 닫아걸어 기석이네 가서 주무셨다는 말씀을 하시더군요. 기석이네와 우리 집 사이에 다 삭아서 엉성해진 나무 울타리는 있으나 마나였지요. 우리들은 울타리 한쪽을 뚫고 들락거렸고, 그 사이로 음식을 주고받기도 하였지요. 기석이 아버지가 취하신 날은 '강남에 달이 밝았느냐 강남에 달이 밝았느냐'하는 노랫가락이 밤새 들려 잠을 설치곤 하였던 기억이 생생합니다. 그 때는 술 마시는 어른들이 이해도 안 되고 싫기만 했었는데, 아련한 그 시절이 그립기만 합니다.

조금 전에 넷째네 집에서 소고기를 구워 소주 한 잔씩 했어요. 친구들 몇이서 소를 한 마리 사서 잡았다고 푸짐하게 구워내 오랜만에 맛있는 쇠고기를 먹었답니다. 요즘 수입소고기가 들어와 우리 소 값이 뚝 떨어졌어요. 예전엔 송아지를 낳으면 재산이 늘었다고 아버지는 콩을 한 바가지씩 넣고 쇠죽을 쒀서 어미 소에게 주셨잖아요. 그런데, 송아지 값이 글쎄 2만원밖에 안 한다네요. 앞으로 또 얼마나 떨어질지 모른다고 송아지를 그냥 줘도 안 가져간다는 말이 있어요.

아버지, 오늘은 세상 일 모두 접어두고 그냥 엄마 곁에서 어리광이나 부리며 놀기로 했어요. 올케들이 또 술상을 차립니다. 넉넉지 못한 집에 시집와 알뜰하게 살림꾸리는 올케들이 고맙고 믿음직스럽기만 합니다. 하나밖에 없는 시누라며 그림같이 앉아 있어도 눈치를 하지 않네요. 고명딸인 저는 언제나 특별대우를 받으며 자랐죠. 앞 동네에 가서 주전자 들고 막걸리를 받아오는 것도 동생들 몫이었고, 단체로 벌을 받을 때도 저는 아버지 곁에서 구경만 했던 거 아시지요. 막걸리에 오가피주를 번갈아 마시며 이야기가 꽃을 피웁니다. 엄마가 부쳐주신 녹두전을 먹으며 "너무 맛있어요. 내년에도 해 주세요."하고 형제들이 부리는 어리광도 볼만 합니다.

섣달그믐이면 통 큰 아버지는 언제나 돼지뒷다리를 메고 오셨지요. 어린 자식들 설에나 잘 먹이고 싶은 마음을 모르는 엄마가 아니지만, 돈 치를 걱정에 다투시는 것을 보면서 얼른 커서 돈을 벌어야겠다는 생각을 했답니다. 주전자를 들고 술심부름을 하던 셋째와 넷째는 술을 곧잘 마십니다. 5리나 되는 길을 걸으며 막걸리 주전자에 입을 대고 홀짝거리다 술맛을 알았고, 술이 줄어들면 물을 탔다고 고백 합니다. 그때 알았으면 경을 칠 일이지만 용서해 주세요.

아버지는 술은 좋아하셨지만 놀음은 하지 않으셨어요. 저희들에게 '놀음만은 하지마라'시던 말씀을 가훈처럼 여기고 장난으로도 그런 놀이는 하지 않았답니다. 그래서 어머니가 고스톱을 배우는 것이 그리도 못마땅하셨나 봅니다. 그러나 그때 고스톱을 배우지 않았다면 홀로 계신 엄마의 무료한 시간을 어떻게 보내시겠어요. 모두들 술이 거나해져 상을 밀어놓고 고스톱 판을 벌렸어요. 엄마와 오빠는 구경하고 동생들과 점 100원 내기를 하는데, 번번이 패가 안 들어와 절더러 계속 죽으라고 합니다. 두 동생은 곧잘 하구요. 잡기라고는 모르는 막내는 짝도 못 맞추고 더듬거립니다. 옆에서 보다 못한 엄마가 '경로당 화투치냐'며 막내를 밀어 내더니 그동안 쌓은 실력발휘를 하십니다. 타짜처럼 화투장을 내려치고 갖다 놓는 속도가 '획' 소리 나게 빠릅니다. 엄마의 외로운 시간을 경로당에서 저렇게 보내셨으리라 생각하니 죄스럽습니다.

넷째 주머니에서 드디어 만 원짜리가 나왔어요. 욕심이 과해섭니다. 5점 났을 때 그만 하라니까 계속 '고'를 외치다가 엄마한테 바가지를 썼답니다. 우리는 박수를 치며 좋아했어요. 뒷전에서 광을 팔던 저도 후반전에는 뒷손이 척척 맞아 돈이 들어옵니다. 이 맛에 놀음을 하나 봐요. 올해는 모든 일이 이렇게 술술 풀렸으면 좋겠어요. 돈을 따도 잃어도 즐거운 시간, 모처럼 엄마 얼굴이 환합니다. 아무것도 안 먹어도 배가 부르다 하십니다. 이런 날이 얼마나 있을까요. 그것은 저희들 곁에 엄마가 계시기 때문입니다. 아버지가 제일 싫어하는 화투놀이를 하면서 저희는 오늘 너무 행복했습니다.

어릴 적 섣달그믐이 떠오릅니다. 설이 가까워 뻥튀기 아저씨가 오면 그보다 반가운 사람은 없었지요. 쌀이나 콩을 들고나가 오들오들 떨면서 순서를 기다리다 '뻥' 하는 순간, 강냉이가 한 자루 채워졌을 때 얼마나 신바람이 났는지 모릅니다. 술 익는 내가 가득한 방에서 금방 뽑아온 가래떡을 조청에 찍어 먹으며 우리는 행복했지요. 엄마는 조상님께 올릴 술을 걸러놓고 지게미에 단것을 넣어 화롯불에 올려주면 달짝지근한 맛에 먹다가 얼굴은 발그레 상기되고 햇살처럼 환한 웃음은 방안 가득하였죠. 어디 그 뿐인가요. 등잔불 아래서 지어주신 노랑 저고리와 다홍치마, 엄마의 옷을 잘라 만든 그 옷이 입고 싶어 설날을 손꼽아 기다렸지요. 없는 것이 없는 풍요로운 시대에 살면서 가난했던 날의 섣달그믐이 그리운 것은 무슨 까닭인지요.

아버지, 보고 싶습니다. 아버지도 그곳에서 항상 저희를 굽어보고 계시겠지요. 오빠가 벌써 환갑이에요. 몸이 약해 늘 병원 신세를 지지만, 언니의 지극정성으로 점점 좋아지고 있답니다. 오빠가 건강할 수 있도록 도와주세요. 그리고 힘이 닿으시면 이 땅에 눈을 많이 내려 주세요. 가뭄이 계속되어 물이 모자란다고 걱정들이 많아요. 팍팍한 세상, 가뜩이나 살기 어려운데 물까지 모자란다면 어찌 살겠어요.

아버지, 그곳에도 힘든 일이 있으신가요. 가까운 분들과 술도 한 잔씩 하면서 적벽가도 부르시나요. 즐겨 부르시던 국악집을 펼쳐 놓고 적벽

가, 공명가, 권주가를 읊조리며 '우리 아버지는 참 멋쟁이셨구나.' 생각했
습니다. 살갑게 내색은 안 했어도 깊이 사랑하신 마음을 가신 뒤에야 알
았습니다.

아버지, 고맙습니다. 식구들 모인 김에 딸내미가 적벽가 한 소절 불러
올립니다. 설날 아침 서설이 내리면 아버지가 주신 회신이라 생각하고
맨발로 뛰어나가렵니다.

2008. 섣달그믐

단오와 쌍그네

음력 5월 5일은 단오절이다. 단오端午는 5월 첫 번째 말의 날이며 일 년 중 가장 양기가 왕성한 여름의 문턱이다. 단오제의 유래는 중국 초楚나라 회왕懷王 시기에 정치가이자 시인인 굴원屈原이 간신들의 모함에 자신의 지조를 보이기 위해 멱라수에 몸을 던졌다. 그날이 5월 5일이었으며 그 뒤 해마다 굴원의 영혼을 위로하기 위해 제사를 지내게 되었다. 우리나라에서의 단오는 '높은 날' '신날'이라는 뜻의 '수릿날'이라 부르는 날이다.

단오날은 모 심기가 끝나고 장마가 시작되기 전 마을의 평안과 풍년을 기원하는 제祭를 올리고 한바탕 놀면서 마을 사람들의 마음을 한데 묶는 축제를 벌인다. 단오제가 열리는 파주의 쇠꼴농장은 벌써 시끌벅적 잔치 분위기다. 젊은이들은 씨름판에서 한판 승부를 겨루고 여인들은 한쪽에서 창포 삶은 물로 머리를 감는다. 마당 한가운데는 떡메가 놓여있고, 맞은편 높은 나무에는 그네를 두 틀이나 매 놓았다.

한복은 곱게 차려입은 여인이 그네를 탄다. 분홍 저고리에 노란 치마

저고리를 입고 그네에서 일렁이는 자태가 고아서 한참을 바라보았다. 조금 있으면 팔을 벌려 그네의 폭이 넓어지고 치맛자락을 나부끼며 허공을 차고 날아오르리라. 그러나 맵시 있게 한복을 차려 입은 여인은 그네를 타본 경험이 없는지 그 자리에서 흔들거리고만 있다. 내가 한 번 타볼까. 지금도 마음은 허공을 향해 날아오를 수 있을 것만 같다. 탈까 말까 망설이는데 행사를 주관하는 ㄱ씨가 '창포에 머리를 감지 않겠느냐'고 한다. 나는 '쌍그네나 한 번 뛰어 보자'고 우스개 소리를 하여 한바탕 웃었다.

그네를 보면 쌍그네 타던 처녀시절로 돌아간다. 모내기를 끝낸 우리 마을에선 단오가 되면 그네를 맸다. 마을 청년들은 땀을 흘리며 짚으로 새끼를 꼬고, 그 새끼줄을 여러 겹 엮어 그네 줄을 만든다. 동네에서 제일 꼭대기 집, 성씨네 집 앞 높은 나무에 튼튼한 가로대를 놓고 그네를 맨다. 그네를 매는 날은 마을 잔칫날이다. 밭에서 김을 매던 여인들도 호미자루를 잠시 내려놓고, 내외하던 처녀 총각도 스스럼없이 음식을 먹으며 가까워지는 날이다.

처녀 때는 그네를 잘 탔다. 그네에 올라 팔을 벌려 뒤로 재끼고 힘껏 구르면 몸과 마음은 하늘 높이 올라간다. 그럴 때면 총각들은 휘파람을 불었고, 나는 한 마리 새가 되어 하늘을 날았다. 짓궂은 옆집 총각이 내게 쌍그네를 타자고 졸랐다. 단옷날 처녀총각이 쌍그네를 타야 풍년이 든다는 말에 속아 그네에 올랐다가 진땀을 뺀 적이 있다. 너무 높이 올라가 무섭기도 했지만 난생 처음 이성과 몸이 닿는 순간 가슴이 방망이질을 했기 때문이다. 그 후 총각과 자연스럽게 친해졌고 개구리 우는 달밤 멍석에 앉아 서로의 고민거리를 털어놓기도 하였다. 그러다 나는 결혼했고 그 총각은 누군가 못 잊어 장가를 안 간다는 소문이 나돌기도 하였다. 모든 것이 싱그럽고 아름답게 느껴지던 푸른 시절, 세월 흘러도 바라지 않는 한 폭의 그림은 저만치서 긴 머리 치렁대며 그네를 탄다.

2002년. 오월

청천일학 青天一鶴

내게는 귀한 글씨 두 점이 있다. 윤모촌尹牟邨 선생님
이 갑년에 쓰신 글씨 한 점과 난정蘭丁 어효선 선생이 모촌 선생께 써 드
린 글씨 한 점이다. 윤모촌 선생님이 편찮으셔서 일산 성저마을로 문병
을 갔을 때, 묵은 화선지 봉투에서 두 점을 골라 주셨다. 그러면서 하시
는 말씀이 이 글씨를 쓴 난정 선생께서 곧 오실 테니 만나 뵙고 가라 하
셨다. 한참을 기다려도 오시질 않아 자리를 떴는데, 엘리베이터에서 내
리니 그 앞에 머리가 하얀 노인이 서 계셨다. 난정 선생이 병문안을 오시
는 길이었다. 모촌 선생의 제자라고 인사를 드렸더니 반가워하시며 다
음에 꼭 만나자 하였는데, 그것이 난정선생과 처음이자 마지막 만남이
었다.

선생님 댁에는 난정선생의 작품이 여러 점 걸려 있었다. 내게 주신 작
품 청천일학青天─鶴에 갑인세수甲寅歲首라 낙관을 한 것을 보면, 새해에
두 분이 만나 덕담을 나누며 정표로 주고받은 작품인 듯하다. 문병을 오
시던 난정 선생도 저 세상으로 가시고, 모촌 선생님도 우리 곁을 떠나셨

다. 생전에 가까웠던 두 분의 글씨를 나란히 걸어 놓고 바라보니, 그곳에서도 다정하게 앉아 문단 돌아가는 얘기며 세상 걱정을 하시는 것같이 보인다. 난정 선생은 모촌 선생님을 청천일학靑天一鶴이라 칭하였다. 글씨 앞에 서면 옥양목 두루마기 깨끗하게 차려입은 어른의 큰기침 소리 들리는 듯하여 옷깃이 여며진다. 모촌 선생님이 우리에게 남기고 간 것은 꼿꼿한 선비정신과 옳고 그름을 가리는 일에 있어서는 주저하지 않았던 냉철함이다. 죽은 후에 지나친 추모의 글은 욕이 된다며 미리 써 보라고 한 꼬장꼬장한 분이셨다. 그러면서도 제자들 사랑은 끔찍했다. 언젠가는 차 안에서 어렵게 사는 회원들의 근황을 물으시며 복권이나 당첨 됐으면 좋겠다고 하셨다. 힘겹게 살아가는 몇몇 회원에게 나누어 주고 싶다고 하셨는데 그중에 나도 들어 있었다. 모촌 선생님은 우리들을 16년 동안 수필의 눈을 뜨게 해주신 스승이자, 친정아버지 같은 분이셨다.

선생님이 그리운 날이면 그 분을 뵙듯, 글씨를 보고 또 본다. 서예가 못지않은 달필이다. 행서체로 칠언절구, 선생님이 쓴 시를 더듬더듬 읽어본다.

차 한 잔을 마시고 졸다 깨어보니
집안에는 생황 부는 소리
기다리는 제비는 오지 않고
앵무새는 날아가 버렸네
뜰에 떨어지는 꽃비 소리 없어라

글이 짧아 정확히 해석할 수 없는 것이 안타깝고, 그때 왜 자세히 여

쭙지 못 했나 후회가 된다. 글을 쓰다 막히면 선생님의 유묵을 올려다본다. 긴 세월 지청구를 들어가며 공부하던 때가 그리워진다. "문장은 솔직하고 소박하게 써야하며, 걸러지고 삭혀서 잘 익은 술처럼 향기를 내게해야 한다"고 수없이 하시던 말씀, 이제 어디에서도 그 음성을 들을 수가 없다.

선생님은 우리들 곁을 떠나 먼 곳으로 가셨다. 육신의 고통을 벗어 버리고 훨훨 날아 그렇게도 그리워하던 고향땅에도 가시고 어머니도 만나셨으리라. 대쪽같이 살아온 이 시대의 마지막 선비, 영혼이 입다 벗어버린 육신마저 세상에 돌려주고 가신 분, 선생님은 가셨지만 가지 않으셨다.

2005. 가을

내복 같은 사람

꽃샘바람이 가슴을 파고든다. 남쪽에선 꽃소식이 들려오는데 봄을 시샘하는 바람은 옷깃을 여미게 한다. 봄바람이 오싹 춥게 느껴지던 날 독한 감기에 걸려 한 달이나 앓았다. 추위를 타는 어미를 위해 아들이 두툼한 내복을 사와 우수·경칩이 지나도록 입었는데, 요 며칠 사이 햇살이 따사로워 답답하게 느껴진다. 얇은 내복을 사러갔다. 상점주인은 여러 모양과 색상을 늘어놓고 고르라 한다. 내복 모양새야 별반 다를 게 없지만 회색, 분홍, 검정색 중에 눈길 가는 것은 그래도 화사한 꽃분홍 내복이었다.

해설사 모임이 있는 날, 회의를 끝내고 저녁을 먹으며 꽃분홍 내복을 샀다고 자랑하다가 머쓱했다. 나는 오늘에야 봄을 맞으려 얇은 내복을 샀는데 앞에 앉은 해설사들은 민소매 아니면 팔이 훤히 보이는 잠자리 날개 같은 옷을 입고 있지 않은가. '이 봄에 내복은 왜 사느냐' '캐시밀론 빨간 내복이 아니라 다행이다'며 모두들 한바탕 웃었다.

추위를 좋아하는 사람 있을까. 더위는 참아도 추운 것을 견디지 못하는 나는 꽃이 피고 잎이 너울거릴 때까지 내복을 벗지 못한다. 부드럽게 몸을 감싸주고 세상 찬바람을 막아주는 내복은 얼마나 안정감을 갖게 하는지 모른다. 여기저기 목련 피어나는 소리가 들려 며칠 전 내복을 벗었다가 썰렁하고 허전해 다시 주워 입었다. 아기가 말랑한 엄마의 젖가슴에 안겨 평화롭게 잠이 들듯, 내복을 입으면 엄마의 품속처럼 안온하게 느껴지기 때문이다.

봄이라 해도 응달은 춥고 쓸쓸하다. 아침 신문에서 송파 세 모녀가 힘겨운 삶을 견디다 못해 목숨을 버린 기사를 읽으며 충격을 받았다. 누구에게나 목숨은 소중하거늘 오죽 절박했으면 삶을 포기했을까. 가슴이 아프다. 그 곁에 사랑의 눈길로 바라보는 이웃이 있었다면, 내복 같은 훈훈한 사람이 있었다면 아마 극단적인 선택은 하지 않았을지도 모른다.

대한민국은 살기 좋은 나라다. 난방시설이 잘 되어 있어 한겨울에도 반바지 차림에 땀을 흘리고, 원하는 것이 있으면 먼 곳이라도 찾아가 먹고 즐기는 시대가 되었다. 이런 시대에 살면서, 삶을 포기할 수밖에 없는 사람들이 있다는 현실은 슬픈 일이다. 신문을 보다 문득, 나는 누구에겐가 따뜻한 사람이었나 생각을 해본다. 가슴 시리고 의지할 곳 없는 사람들의 손을 사랑으로 맞잡은 적 있는가. 삶의 차가운 바닥에서 힘겨워하는 이웃을 한 번이라도 도운 적이 있었던가. '그저 내 등 따습고 배부르면 되지' 하며 춥고 외로운 사람들 사이를 무심코 지나쳐 다녔다.

자신의 일 외에 남의 일에는 절대 신경을 쓰지 않는 삭막한 시대에 살고 있는 우리, 나보다 힘들고 지친 이웃에게 눈을 돌려 손을 잡아줄 수는 없는 것일까. 꽃샘바람이 차다. 그늘진 곳에 서 있는 이들에겐 내복 같은 따뜻한 사람이 그리운 계절이다.

2014. 봄

깨진 그릇 —붉은 머리 오목눈이

초여름 풀숲에는 수많은 생명이 깃든다. 요즘 들어 부쩍 작은 새들이 재재대며 부산한 것을 보니 아마도 보금자리를 꾸미는 모양이다. 며칠에 한 번 해설사로 근무하는 임진강가에 자리한 반구정伴鷗亭은 조선초기의 문신 황희선생 유적지이다. 오늘도 반구정에 올라 임진강 건너 드넓고 비옥한 장단평야를 바라본다. 먹잇감이 풍부한 임진강 주변 습지에는 계절이 바뀔 때마다 철새들이 찾아오고 텃새가 둥지를 튼다. 새들의 지저귐을 들으며 한가롭게 경내를 돌아보는데, 관리직원이 다가와 붉은 머리 오목눈이 새알이 있다고 귀띔을 한다.

맑은 날씨였지만 은밀한 곳에 둥지를 틀어 잘 보이지가 않는다. 어른 가슴 높이쯤 되는 산철쭉 가지사이에 정말 꼬리가 긴 오목눈이가 알을 품고 있었다. 포란 중인 새는 예민하다. 눈을 동그랗게 뜨고 불안해하더니 어디론가 날아갔다. 어미 새는 주위를 떠나지 않고 지켜보고 있으련만 가지를 젖히고 둥지를 들여다 보았다. 검불로 견고하게 만든 조막만한 둥지에는 파란 구슬 여섯 개가 들어있다. 가슴이 두근거렸다. 개구쟁이 동생들이 산으로 들로 다니며 새알을 꺼내다 솜으로 덮어 놓고 새끼를 깬다고 모험하던 시절 새알 구경하고는 처음이다. 그것도 저렇듯 파란 알은 본 적이 없다.

먼 산에서 뻐꾸기가 운다. 봄이 깊어 뻐꾸기 울음소리가 들려오면 뱁새나 개개비, 휘파람새, 산솔새 등 작은 새들에게는 그 소리가 전쟁 선포처럼 끔찍하게 들릴 것이다. 뻐꾸기는 남의 둥지에 알을 낳아 키우도록 하는 못된 습성이 있다. 붉은 머리 오목눈이는 뱁새라고 부르는 아주 작은 새이다. 뱁새 둥지는 언제나 암컷 뻐꾸기의 표적이 된다. 5월에 도착한 철새 뻐꾸기는 기진맥진해 둥지를 틀고 새끼 칠 기력이 없어, 뱁새처럼 작은 새둥지에 침입해 알을 먹어치우고 똑같은 색깔의 알을 낳는다. 먼저 깬 뻐꾸기 새끼는 아직 깨지 않은 뱁새 알을 필사적으로 밀어 둥지 밖으로 떨어뜨린다. 뱁새는 자기 새끼를 죽인 원수인줄도 모르고 자기 몸의 무려 열 배나 큰 뻐꾸기 새끼가 둥지를 떠난 뒤까지 먹이를 물어다 보살핀다. 크기가 똑같은 여섯 개의 파란 알을 보며 누룩 뱀이나 뻐꾸기에게 발견되지 않은 것이 천만다행이라 여겼다.

새끼가 깨어났다. 알에서 깬 지 이삼 일 됐을까. 신비한 모습을 찍으려고 카메라를 들이대자 아직 눈도 뜨지 못한 새끼들은 어미가 먹이를 물고 온 줄 알고 주둥이를 짝짝 벌린다. 본능적으로 먹이를 찾는 모습이 참으로 경이롭다. 오목눈이 부부는 부지런히 먹이를 나를 것이고, 새끼들이 자라면 둥지 밖으로 데리고 나와 날갯짓을 가르칠 것이다. 아직 깨어나지 않은 알 하나마저 어서 깨어나 여섯 마리 새끼가 나뭇가지 사이를 포르르 날아다니기를 빌었다. 바쁘게 오가며 먹이를 물고 둥지로 향하던 어미 새가 위협을 느꼈는지 둥지 주변을 맴돈다. 어미 새는 민감하다. 인간이 얼마나 위협적인 존재인지 새의 처지에서 헤아리지 못했다는 걸 뒤늦게 깨닫고 얼른 둥지에서 멀어졌다.

어미 새는 먹이가 풍부한지 위험 요인은 없는지 치밀하게 살피고 둥지를 튼다. 누룩 뱀과 뻐꾸기가 설치는 계곡을 피하여 조용한 유적지에 보금자리를 마련한 것도 침입자를 피해서이다. 새끼들의 깃털이 얼마나 자랐을까 눈은 떴을까. 설마 침입자는 없었겠지. 새들의 근황이 궁금해 해설하러 가는 날이 길게만 느껴진다. 가자마자 둥지부터 살폈다. 빈 둥지였다. 닷새 만에 왔는데 그새 둥지를 떠난 것이 못내 아쉽고 섭섭하다. 날개를 파닥이며 나는 모습을 보고 싶었는데, 창공으로 힘껏 날아 오르라고 응원해주고 싶었는데, 아무리 둘러 봐도 오목눈이는 보이질 않는다.

새끼들은 날아간 것이 아니라 수난을 당했다. 누룩 뱀도 뻐꾸기도 아닌 인간에게. 눈도 뜨지 못한 새끼들은 관람객의 기척에 어미인줄 알고 짹짹거리다 호기심 많은 아이의 눈에 뜨인 모양이다. 다섯 마리 새끼들을 장난감처럼 가지고 놀다가 죽여서는 깨어나지 못한 알까지 둥지 아래 조르르 간격을 맞춰 놓았다 한다. 아무렇지도 않게 생명을 죽이는 아이를 부모는 바라보고만 있었단 말인가. 생명은 소중하다고, 자연동산에서 모든 생명들은 함께 사는 것이라고 가르쳤다면 팔딱이는 새의 심장을 멎게 하지는 않았을 것이다. 붉은 머리 오목눈이에게 미안하다. 사전 지식도 없이 관찰사진을 얻으려는 욕심에 카메라를 들이 댄 무지한 내 행동이 부끄러웠다.

작고 여린 생명이 거친 세상에 온전히 살아남기란 쉬운 일이 아니다. 언제나 당하기만 하는 어리석고 순진한 오목눈이에게 제발 좀 약게 살라고, 뻔뻔스런 뻐꾸기에게 당하지만 말라고 일러주고 싶지만 어찌하겠는가. 그것이 힘센 놈들이 사는 방법이고 자연의 섭리인 것을. 강자의 횡

포에 나뒹구는 깨진 그릇, 힘없는 약자들이 살아가는 어두운 현장에는 매일 다른 방식으로 가혹행위가 벌어지고 있지만 담 밖에는 알지 못한다. 억울하게 죽는 목숨 여린 생명들, 안타깝고 측은하다. 생존경쟁에서 살아남으려 그 작은 몸으로 동동거리며 얼마나 가쁘고 힘들었을까. 속 모르는 이들은 '뱁새가 황새 쫓아가다 가랑이가 찢어진다' 빈정대지만, 묵묵히– 둥지 없는 남의 새끼도 품어주고 자연에 순응하며 살아가는 붉은 머리 오목눈이는 착하고 어리숙한 이웃의 한사람이다.

찔레꽃 흩날린 날

찔레꽃 한창이다 싶더니 어느새 하얗게 부서져 내린다. 미풍에도 흩날리는 홑겹 여린 꽃잎을 보노라면 낮달처럼 창백한 여인의 얼굴이 스쳐 지나간다. 아주 오래전에 그녀는 우리 동네 과수원집으로 시집와 아들 딸 낳고 잘 살다가 마치, 계약기간이 끝나기라도 한 사람처럼 도장을 찍고 떠나갔다. 서울에서 나서 자랐고 양장점에서 봉제 일을 하다가 도회지가 싫다고 시골 종갓집으로 시집을 왔다. 가냘픈 몸으로 시부모까지 모시겠다고 용감히 뛰어든 그녀를 보며 잘 해낼 수 있을까 염려를 했다. 그러나 종갓집 잦은 대소사와 과수원의 고된 일을 묵묵히 견디며 시부모도 극진히 모셔, 온 동네 칭찬이 자자했다. 그때만 해도 아무도 그녀의 불행을 예감하지 못했다.

산마을에 봄이 오면 과수원은 새색시 치마보다 고운 연분홍 물결이 인다. 울타리로 둘러 심은 찔레꽃이 하얗게 피는 날에는 향기가 감돌아 꿀벌들이 윙윙거렸다. 가늘던 손마디 뭉툭해지고 곱던 얼굴 까칠해도 아들 딸 손을 잡고 꽃밭을 거니는 그녀는 세상 아무것도 부러운 것이 없었다. 아이들은 탈 없이 자라 주었고 살림도 불어났다. 오막살이 초가를 헐어내고 번듯하게 집도 새로 지었다. 아침 일찍 식구들은 일터로 나가고 넓은 집안에는 아이들의 맑은 웃음소리가 온종일 굴러 다녔다.

웬일인지 그녀의 눈가에 그늘이 지더니 시름시름 앓기 시작했다. 약한 몸에 일이 힘에 부쳐 병이 난 것인가. 그동안 앓아누운 적이 없었기에 며칠 후면 툭툭 털고 일어나려니 했다. 그러나 날이 갈수록 낫기는커녕 병색은 더해가고 눈가에는 어두운 그림자가 짙게 드리워졌다. 좋다는 약을 쓰고 정성을 다했으나 해가 가고 또 바뀌어도 차도가 없었다. 며느리가 누워 있으니 집안 꼴이 말이 아니었다. 한창 공부해야 할 아이들 치다꺼리며 안팎일을 하느라 노모의 허리가 휘어져도 그저 낫기만을 바랐다. 치유될 수 없는 병이 들었다 해도 일으켜 세워야했기에 가족들은 갖은 애를 썼다.

컴퓨터를 배우기 시작한 아들이 제 어미에게 채팅하는 법을 가르쳤다. 삶의 끈을 놓아버린 어미를 일으키려는 최선의 방법이었다. 누구와도 눈 안 맞추고 이불 쓰고 누웠더니, 어느 날인가부터 컴퓨터 앞에 앉아 생기가 돌았다. 식구들은 병이 나은 듯싶어 기뻐했는데 사람이 조금씩 변해갔다. 옷차림도 목소리도 전과 같지 않았고 외출이 잦아지더니, 결국은 이혼을 하고 십 수 년 가꾼 둥지를 떠나갔다. 가정 있는 여자가 누군가를 만나 모든 것을 버렸다면 아무리 병이라 해도 옳다고 볼 수가 없다. 어른들은 죽는 것보다야 낫지 않느냐며 서로를 위로 했지만, 어미를 그리는 아이들의 눈망울을 바라볼 때는 가슴이 미어졌다. 그녀는 너무 순진했다. 세상물정을 몰랐기에 그 순간 무엇이 진실인지 판단을 하지 못 하였다.

우울증이었다. 요즘 우울증으로 목숨까지 버리는 사람들을 보면서 무서운 병이라는 것을 알았다. 본인은 물론 가정을 파멸로 이르게 하는 병, 평소에는 멀쩡하다가도 괜히 슬프고 죽고 싶어진다니 귀신 장난 아닌가. 이웃에 사는 젊은 부부가 헤어졌다. 우울증 때문이라고 한다. 내가 보기에는 흠잡을 곳 없는 사람들인데 몹쓸 병으로 가정을 잃고 힘들어 하는 모습을 보면서 그녀를 다시 생각한다. 힘겨운 농사일과 이름만으로도 버거운 시부모, 불뚝 성질에 다정한 말 한마디 건넬 줄 모르는 남편, 말대꾸 한 번 하지 못하고 혼자 삭히며 병을 키웠는지도 모른다. 가족들이 곁에 있어도 허허벌판에 홀로 서 있는 듯 그녀는 늘 외롭고 가슴이 답답했다. 간절히 원한 것은 마음을 알아주는 사람과의 대화였다. 삶을 포기하려는 순간 통로를 찾았으나 상대가 남자였기에 가족 아무도 그녀의 편이 되어주지 않았다. 그때 가족들이 다독이고 보듬어 주었다면 마음을 잡았을까.

가까이 살면서 따뜻이 감싸주지 못한 나도 후회가 된다. 십 수 년을 자식 낳고 알뜰히 살았던 착한여자, 그러나 부정한 여자라는 낙인이 찍혀 위자료 한 푼 챙기지 못하고 떠나야 했다. 여인이 떠나간 지 벌써 십 년이 넘었다. 어떻게 살고 있을까. 지난날은 잊어버리고 행복하게 살고 있으면 좋겠다. 세월이 흘러도 잊을 수 없는 가여운 사람, 지금도 그 몹쓸 병에 시달리고 있는 건 아닌지. 찔레꽃 피어 눈발처럼 흩날리는 날이면 눈물 같은 꽃잎 밟으며 떠나간 뒷모습이 어른거린다.

2010. 봄

3

꽃봉투 접어
부친 편지

자식 농사

가까운 이가 책 한권을 선물했다. 조선후기에 쓴 태교서인데 사주당 이씨師朱堂 李氏(1739-1821)가 지은 한문으로 된 원작을 그의 아들 류희柳僖가 쉽게 풀이했다. 이 책의 내용은 단순히 아이를 가진 어미의 금기 사항을 적어 놓은 것이 아니라 네 아이를 낳아 기르면서 경험한 어머니의 참모습이 응축되어 있다. 교육은 태어난 다음에도 중요하지만 태어나기 전부터 해야 하는 이유를 밝혔고, 어미뿐만 아니라 아비 될 사람도 삼갈 것을 자세히 적어 놓았다. '어진 스승 십년 가르침이 어미의 열 달 가르침만 못하고, 어미의 열 달 뱃속에서의 가르침이 아비의 하룻밤 정심正心만 못하다'며 아비의 태교를 강조했다.

사주당은 자식만 잘 기른 것이 아니고 남편은 물론 시부모도 극진히 봉양했다. 이런 가풍에서 자라서인가 1남 3녀 중 아들 류희는 조선조 후기 실학자로서 100여 권에 달하는 저술을 남겼으며, 어머니가 지은 책을 해석하고 딸들이 발문을 붙였다. 요즘처럼 아이를 낳지 않으려 하고 자기 중심으로 사는 사람들에게 태교를 논한다면 시대에 뒤떨어진 사람이라 할지도 모른다. 말도 제대로 못하는 아이에게 외국어를 가르치고 돈을 들여 외국으로 유학을 보내는 사람은 많아도 아이를 낳기 전에 태교에 힘쓰는 사람은 별로 없는 듯하다.

농사를 지으려면 먼저 좋은 씨를 가려내야 한다. 소금물에 볍씨를 담가 쭉정이를 가려낸 다음 가라앉은 것만을 다시 소독약을 탄 물에 하루쯤 담갔다가 맑은 물로 헹군다. 그런 후에 매일 물을 갈아주면서 7일 쯤 두었다가 모판에 흙을 뿌리고 그 위에 볍씨를 뿌려 못자리를 하고 나면 농사일은 다 한 거라고 한다. 모를 내서 약을 주고 수확하는 일이 남아 있긴 하지만 그것은 그리 어려운 일이 아니라는 뜻이다.

바람이 살랑대는 봄날, 몇이서 나물을 캐러 나갔다가 땀을 흘리며 못자리하는 친구를 보았다. 한나절을 지켜보며 일 년 농사도 저러한데 백년지기 자식농가는 얼마나 정성을 들여야 하는가를 생각했다. 간혹 아이를 가진 어미가 약을 먹거나 몸조심을 하지 않아 아기가 잘못되는 경우를 본다. 자식은 부모의 행동과 생각이 만들어낸 작품이다. 어느 부모가 자식에게 정성을 들이지 않겠는가. 자식은 부모의 눈물과 사랑을 먹고 자란다. 그 자식이 반듯하게 자라 웃으면서 바라볼 수 있다면 부모는 이 세상 아무것도 부럽지 않다. 그러나 아무리 정성을 다해 키워도 자식은 부모의 기대에 어긋나게 마련이다. 나도 그랬듯이 내 자식 또한 그렇고, 내 자식의 자식 또한 그럴지도 모른다. 빗나가는 자식을 보며 '저것이 정녕 내 속에서 나왔단 말인가' 할 때가 있으니 말이다. 그래서 자식은 겉을 낳지 속을 낳느냐는 말도 있고, 자식 가진 사람 입찬소리 못 한다는 말을 하기도 한다.

그 유명한 발명왕 에디슨의 아들 토머스 주니어는 가짜 기계를 만들어 파는 사기꾼이었고, 간디의 큰아들 할리랄은 친구에게 사기를 치고 술과 여자에 빠져 아버지의 장례식에 불참할 정도로 방탕한 생활을 했다고 한다. 자식을 바로 키우지 못한 원인은 부모에게 있다지만 동서고금을 막론하고 가장 어렵고 뜻대로 되지 않는 것은 자식농사인 듯싶다. 새 살림을 꾸리는 젊은이들에게 축의금 봉투를 들고 가기보다는 참된 부모가 되는 '태교서' 한 권 선물하는 것이 좋지 않을까. 혼자 해보는 생각이다.

2006. 봄

열세 살 소녀는

새 학기가 시작되는 3월, 첫 조회가 있는 초등학교 운동장은 새로 편성된 반에서 벗과 담임선생을 처음 만나는 자리이다. 교단에 선 선생님은 새로 온 교사를 소개하고 각 반 담임의 이름을 호명한다. 아이들은 새로 만난 벗들과 자기네 담임이 누구일까 설렘으로 지켜보고 있다. 집안에서 응석만 부리던 아이들은 학교에서 사회규율을 배우고 인성교육을 받으며 인격체로 성장하게 된다. 담장 너머 운동장을 내려다보며 사이좋은 동무들과 한 반이 되기를 바랐고 좋아하는 선생님이 담임되기를 바랐던 기억을 떠올린다.

내게는 오랜 세월이 흘렀어도 잊히지 않는 선생님 한 분이 계시다. 교육대학을 갓 졸업한 새내기 선생으로 5학년 담임을 맡았는데, 언제나 패기 넘치고 당당했으며 주눅 든 아이들을 다독여 희망과 용기를 주었다. 우리 집은 넉넉지 않아 기성회비도 늘 밀렸고 교과서도 동네 선배 것을 물려받아 헌책으로 공부를 하였다. 전과나 수련장이 있는 아이들은 어려운 숙제도 척척 했으나 교과서만으로 비슷한 말, 반대말, 전체의 대강, 낱말의 뜻을 지웠다 썼다 하느라 공책은 찢어지고 지저분했다. 그렇게 한 숙제가 오죽했으랴마는 선생님은 언제나 "우리 반에는 표준전과, 동아전과, 국민전과 그리고 강근숙 네 사람 머리밖에 없네" 하며 나를 칭찬 해 주었다. 그 뒤부터 신바람이 나서 밤이 이슥하도록 공부를 했고 처음으로 우등상을 탔다. 풀이 죽었던 어린 마음이 칭찬 한 마디로 자신감이 생겼고 커서 글 쓰는 사람이 되리라는 꿈을 갖게 되었다.

6학년 때에도 담임이 되었으면 하던 선생님은 군에 입대했다. 갑자기 공부도 심드렁해지고 노는 것도 재미없었다. 끝나는 종이 울리기 무섭게 아이들은 뛰어나가 줄넘기, 고무줄놀이, 사방치기를 하느라 신이 났는데, 실연당한 여자처럼 어린 것이 나무 그늘에 앉아 돌멩이와 얘기하며 청승을 떨었다. 몇 달이 지난 어느 날 선생님이 첫 휴가를 나왔다. 얼굴이 화끈거리고 가슴이 마구 뛰었다. 아이들은 반갑다고 달려가 매달리는데 차마 바라볼 수가 없어 멀찌감치 숨어 두근거리는 가슴을 눌러야했다. 수줍은 열세 살 계집아이가 난생 처음 느낀 설렘이었다.

시간이 흐르고 삶이 바뀌어 운명처럼 아이 셋 딸린 남자와 단칸 셋방에서 복작거리며 살던 때, 초등학교 다니는 딸의 담임이 가정방문을 왔다. 새파란 나이에 어미라고 쑥스럽게 인사를 하고 고개를 드는 순간 어디서 본 듯한 모습, 아! 그분은 아득한 그리움으로 남아있는 초등학교 5학년 담임선생이었다. 당황해서 시선은 어디에 두어야 하는지 무슨 말을 해야 할지 모르고 허둥거렸다. 열심히 공부해서 작가가 되라고 꿈을 심어주었는데, 평탄치 못한 길을 가는 나를 보고 얼마나 속이 상했을까. 실망하셨을까. 차 한 잔을 마다하고 급히 떠나는 선생님에게서 '공부해라 아직 늦지 않았다' 나무라는 시선이 느껴졌다.

살면서 수도 없이 잃어버린 마음, 깊숙이 접어둔 날개를 펴야겠다는 생각이 고개를 들었다. 우물 안 작은 개구리가 넓은 세상을 올려다본 건 선생님이 다녀간 그때부터였다. 책 읽는 시간이 많아졌고 가슴 언저리 돌아다니던 이야기를 끄적이며 허기를 달래던 시절, 등 떠밀려 나간 백일장에서 입선을 했고 심사를 맡은 선생과의 인연으로 글공부를 시작했다. 교재를 삼으려고 해마다 펴낸 파주문학회 동인지 '작은 글 뜰' 스물 네 권에는 공부한 흔적이 고스란히 담겨있다. 지금도 글 한 편 쓰려면 숙제 할 때처럼 지웠다 썼다 머리를 쥐어짜지만, 어설픈 습작 수준에서 '글 쓰는 사람'이란 이름을 얻게 된 것은 바른길을 일러준 스승이 있었기 때문이다.

가끔씩 동인지를 받아 본 이웃에 사는 교장선생이 하루는 '어떻게 글을 쓰게 되었느냐'고 묻는다. 전과 없이 숙제하던 초등학교 얘기부터 난생처음 가슴 울렁이게 한 J선생님 때문이라며 꼭 한 번 뵙고 싶다는 말을 했다. 넓고도 좁은 것이 세상이라더니 그분은 선생님 사는 곳까지 알고 있었다. 핸드폰을 꺼내 누구에겐가 전화를 걸어 그 자리에서 연락처를 알려주었다. 이렇게 빨리 소식을 듣게 될 줄이야. 나이가 들어가면서 감정도 메말라 좀처럼 설레는 일 없이 무덤덤한 날, 얼굴도 생각나지 않는 선생님의 전화번호를 누르며 가슴이 콩닥거린다.

버스를 타고 선생님을 뵈러 가는 길, 파릇하게 새잎 돋는 차창 밖 풍경을 내다보며 마치 연인을 만나러 가는 사람처럼 설렌다. 초등학교 한 학년 담임을 했을 뿐인데 지금까지 잊지 못하는 것은 무엇 때문일까. 난생 처음 가슴을 뛰게 한 남자여서인가. 글을 쓰도록 불씨를 당겨준 분이어서일까. 버스가 정류장에 멈추자 늙수그레한 남자가 시계를 보며 내리는 사람을 살핀다. 선생님인가 하여 자세히 보니 분위기가 달랐다. 한 십분 지났을까. 내가 서 있는 곳을 향해 천천히 걸어오는 나이 지긋한 분은 분명 선생님이었다. 자그마한 체구에 강단 있는 모습이 선생님이라는 걸 알 수 있었고, 선생님도 단번에 나를 알아봤다. 수없는 세월이 지나 얼굴은 기억나지 않아도 느낌으로 찾을 수 있는 스승과 제자는 특별한 인연이라 생각했다.

　반세기만에 만난 선생님과 2층 호프집에 앉아 저물어 가는 거리를 바라보며 많은 이야기를 나누었다. 정년퇴직 후에도 지역을 위해 봉사하며 바쁘게 지내는 선생님은 청년 못지않은 열정으로 노후를 보내고 계셨다. 십 년, 이십 년 만에 찾아오는 제자는 있어도 반세기 만에 찾아온 적은 없었다며 고맙다 하신다. 가지고 간 동인지 두 권을 드리고 선생님 아니었다면 아마도 묻어둔 꿈을 펴지 못했을 것이라고 인사를 드렸다. 생맥주 두어 잔에 느슨해져 그 옛날 가슴 뛰던 이야기를 허심탄회하게 털어 놓았다. 이성에 눈뜬 어린 시절 얼굴 붉히며 설렌 기억은 세월 흘러도 빛바래지 않은 한 송이 꽃으로 싱그럽게 남아있다. "선생님은 저의 첫사랑이에요." 고백을 하자 껄껄 웃는 모습에서 스물두 살 선생님이 보인다. 열세 살 소녀의 가슴이 두근거린다.

2013. 3

열녀

우리 고장 파주 유적답사 길에 우연히 열녀비를 보았다. 마을이 바라다 보이는 수풀 우거진 산자락에 정각도 없이 비碑만 서있는 열녀비는 조선 후기 청풍 김씨의 효행과 정절을 기리기 위해 세운 비이다. 청풍 김씨는 일찍이 출가하여 지극 정성으로 시부모를 봉양하고 남편을 내조하였는데 지아비가 죽자 대소상을 마치는 날 저녁, 끓는 물을 몸에 붓고 남편을 따라 순절했다고 한다. 예부터 전해오는 열녀의 이야기는 많이 있지만 내가 사는 동네 열녀비의 내력을 알고 나니 조선 여인의 열烈과 행行에 절로 머리가 숙여진다.

열녀란 죽은 남편의 뒤를 따라 스스로 목숨을 끊거나 목숨으로 정조를 지킨 부녀자를 일컫는다. 또한 영화나 소설에 나옴직한 얘기로 얼굴도 모르는 정혼자가 죽었을 경우 흰 가마를 타고 가서 평생 수절하는 여인도 열녀라 하고, 아침저녁으로 슬피 울며 그리워 하다가 목숨을 끊으면 조선시대 최고의 여인이 되는 것이다. 열녀가 나온 집안은 나라에서 큰상이 내려지고 그 사람이 살던 마을입구에는 정문旌門이 세워진다.

충신은 두 임금을 섬기지 않고 여인은 한 남자만을 섬기는 것은 마땅히 지켜야 할 바른 길이다. 여인이 은장도를 몸에 지니는 것은 남을 해하기 위해서가 아니라 자신을 지키기 위해서였다. 조선시대의 열녀란 남편이 죽으면 따라 죽고, 정절을 잃으면 은장도로 자결한 여인을 일컫는다. 그러나 끓는 물을 뒤집어쓰고 죽은 여인이 되어 잠시 상상을 해보니, 남편을 얼마나 사랑했으면 그럴 수 있었을까 감동하다가 오싹, 소름이 끼친다. 사람의 목숨은 누구에게나 소중하다. 그 여인은 정말 그렇게 죽고 싶었을까. 정성으로 모시던 시부모님과 사랑하는 자식을 두고 남편을 따라 죽는 것만이 여자의 도리라고 생각했을까. 참으로 하늘이 내린 열녀가 아니고는 아무도 따라 할 수 없는 일이다.

부모님이 주신 몸을 상하게 하는 것은 불효라 하며 머리카락조차 함부로 자르지 않던 시대에 이러한 행위는 진정 무엇을 위한 것이었을까. 열녀가 나온 집안은 세금이 면제되고 부역에도 나가지 않으며, 그 문중은 자손대대로 영광스럽다. 과연 여인의 친정에서도 그러했을까. 아무리 젊은 여자라도 남편이 죽은 뒤 재혼을 한다는 것은 수치요 집안 망신이라고 생각했던 조선시대, 그러나 홀로 된 딸을 보쌈 시키거나 머슴과 함께 달아나게 했다는 얘기는 딸을 가진 부모 아니고는 이해할 수 없는 일이다. 조선시대에는 고려시대와는 달리 남성에게만 유리하고 사람의 인정에는 맞지 않는 것이 많았다. 권세 높은 양반들은 처첩을 거느리고 관기들과도 마음껏 즐기면서 출생한 자녀를 서출庶出이라 하여 벼슬길에 나아가는 것도 제약을 받았다. 그 시대 중심은 언제나 남자였고 여자의 인생은 오직 남자에 의해 살아지는 삶이었다고 해도 과언이 아니다.

지금은 여자들이 살기 좋은 세상이다. 남녀평등의 시대에서 여성상위 시대라는 말이 나오기도 한다. 마음만 먹으면 못할 것도 없고 안 되는 것도 없어졌다. 결혼을 하고도 직장을 다닐 수 있고 남성이 아이를 기르며 집안일을 하기도 한다. 내 주위에는 열녀비를 세워주고 싶은 여인들이 많다. 병든 남편과 직장을 잃은 남편을 위해 힘든 일을 하며 가정을 꾸려가는 여인도 있고, 젊은 나이에 남편을 여의고 홀시아버지와 아이들을 돌보며 날마다 과일행상으로 살아가는 여인도 있다.

넉넉지 않은 살림을 꾸려가며 거친 일도 마다하지 않는 이웃 여인은 힘겨운 생활에 세상 탓을 할 만도 한데 자식들이 잘 자라주어 고맙다며 늘 감사한 얼굴이다. 그 여인이 시부모와 자식을 남겨두고 남편을 따라 죽었다면 열녀라고 칭송을 받았을까. 정말 남편을 사랑해서, 남편이 아니면 이 세상 살아갈 이유가 없어 남편을 따라 죽었어도 책임감 없는 사람이라 지탄을 받았을지도 모른다. 현대에 열녀를 논한다면 시대에 뒤떨어진 사람이라 하겠지만, 지아비와 자식을 위해 몸과 마음을 다해 힘쓰며 자신을 소중하게 가꾸고 지키는 여인이 최고의 열녀 아닌가 생각한다.

꿈꾸는 새꽃마을

이사할 날이 머지않아 손때 묻은 물건들을 문밖으로 내 놓았다 들여 놓았다 하며 한나절을 보냈다. 우선 책부터 가려 묶었다. 책이 너무 많다. 책 욕심이 많아 보는 대로 탐하고 사들인 각종서적과 23년 간 모아놓은 동인지, 문우들의 시집과 수필집이 책장 가득이다. 그러나 어느 하나 쉽게 버릴 수 없는 땀의 결과물이며 내 영혼을 살찌우던 고마운 것들이다. 버릴 수 없는 것이 어디 그것뿐인가. 계절 따라 내 몸을 감싸준 옷가지들, 기념패와 여러 권의 사진첩은 지금까지 살아온 내 삶의 생생한 기록이라 차마 버릴 수가 없다.

내내 청명하던 날씨가 하필이면 이사하는 날 새벽부터 비가 쏟아진다. 하늘을 보니 쉬이 그칠 것 같지가 않다. 넉넉지 않은 형편을 잘 아는 이들이 이사비용을 줄이자고 아침 일찍 트럭과 승용차를 가지고 왔다. 바쁜 일정이 있으련만 나를 도우려 만사를 제쳐놓고 달려온 사람들, 비가 쏟아져 안절부절 못하는 내게 "이사하는 날, 비가 내리면 부자 된다"며 오히려 나를 위로한다. 비를 철철 맞으면서도 책과 옷가지는 젖지 않게 신경을 써주는 마음이 고맙다. 빗속에서 급히 서두느라 목 축일 음료수 한 병 대접하지 못했다. 때가 겨워서 자장면 한 그릇으로 요기를 하고 큰일을 해낸 서로에게 수고했노라 손을 잡는 이들을 보며 사람 사는 정을 느낀다. 짐을 다 옮겼으니 온종일 비가 쏟아진다 해도 걱정 없는데, 하늘은 언제 그랬냐는 듯 훤하게 밝아온다.

주공아파트 새꽃마을은 내가 사는 서민주택단지이다. 중년이 넘은 나이에 이십여 평 좁은 아파트에 산다는 것은 자랑스러울 것도 없지만 부끄럽게 생각지도 않는다. 단 며칠을 쉬어 본 적 없이 밤낮으로 동동거렸으나 통장은 늘 비어있으니 어찌 하겠는가. 요즘은 사는 일이 더 힘들어 저축은 커녕 당장 살아가기도 급급한 세상이다. 물려받은 재산 없이 내 집 한 칸 마련하기란 결코 쉬운 일이 아니다. 서울 집값은 세계 6위, 직장인이 생활하면서 저축으로 웬만한 아파트 한 칸 장만하는 평균 소요 시간은 40여 년이 걸린다 한다. 아파트 값은 지방에 따라, 전망과 교통 여건에 따라 천차만별이다. 집값이 예전보다 떨어졌다고는 하나 전세금은 천정부지로 치솟아 돈 없는 서민들은 안락한 생활을 꿈도 못 꾼다.

인간이 살아가는데 의식주衣食住는 기본이다. 세상은 고르지 못해 대궐 같은 집에 살면서 별장을 오가며 여유롭게 사는 사람이 있는가 하면, 단칸방에서 온가족이 복작거리며 살아가기도 한다. 내게도 괜찮은 아파트가 있었다. 그러나 어렵사리 장만한 아파트는 나와 인연이 없었던지 이내 다른 사람 이름으로 명의가 바뀌고 말았다. 집 장만하기가 쉽지 않은 요즘, 발 뻗고 편히 잘 수 있는 공간이 있다는 것은 고맙고도 다행한 일이다. 종일토록 햇볕이 떠나지 않고 바람이 수시로 드나드는 내가 사는 아파트는 지친 하루를 쉴 수 있는 유일한 안식처이다.

7층 베란다에 빨래를 널면서 맞은편 아파트를 내려다본다. 정원에는 나날이 짙어가는 나무들이 싱그럽고 그 사이를 바삐 걸어 다니는 사람들의 움직임이 활기차다. 십여 년 전만해도 논과 밭이었던 곳이 건물이 들어서고 아파트 단지가 조성되면서 번화한 도시가 형성되었다. 내가 사는 새꽃마을은 무엇보다 교통이 편리하다. 가까운 곳에 전철역이 있고 어디든 갈 수 있는 버스가 줄을 잇는다. 몇 발자국만 가면 상가가 즐비하게 늘어서 있고 주요기관인 학교, 우체국, 세무서, 도서관이 있어 생활 하는데 조금도 불편함이 없다.

오늘도 알람보다 먼저 일어나 아들과 함께 공릉천 길을 걸었다. 상큼한 공기를 마시며 이슬 맺힌 새벽을 걷고 나면 몸과 마음이 가뜬하다. 오랫동안 혼자 지내면서 아들은 건강이 나빠졌다. 부실한 몸을 이젠 내가 챙겨줘야 한다. 인스턴트 음식이 아닌 자연식으로 밥상을 차리고 직접 뜯어말린 민들레 차를 내리면서 어미의 마음이 뿌듯하다. 행복이 뭐 별건가. 사랑하는 사람과 함께 밥 먹고 차를 마시며 살아가는 이야기를 나누는 것이 진정한 삶 아니겠는가. 거실에서 아들은 기타를 치고 나는 책을 읽는다. 더 높은 곳을 향하여 품은 꿈을 키워가는 이 공간, 집안 깊숙이 햇살 한 줄기 들어와 앉는다.

꽃봉투 접어 부친 편지

우연히 갤러리에 들러 편지봉투 전시를 구경하였다. 주변에 버려지는 폐지를 접어 만든 봉투는 색깔도 모양도 종이 질도 각각 다르다. 이 봉투는 목수였던 일본 어느 할아버지가 정년퇴직한 후, 80세에서 15년 간 손녀에게 보낸 편지봉투이다. 이것을 작가 야마구치 노부히로(그래픽 디자이너)가 91점의 봉투시리즈로 작품화하였다. 소일거리도 바쁠 것도 없는 할아버지가 오직 손녀에게 마음을 전하기 위해 일종의 의식처럼 종이를 오리고 붙이며 봉투를 접는 담담한 모습을 그려본다. 손녀에게 보낼 봉투를 접고 편지를 쓰면서 할아버지는 얼마나 행복했을까. 평범해 보이는 편지봉투 속에 담겨 있을 정 깊은 이야기가 감동으로 전해온다.

편지가 귀해진 요즈음, 전시를 보면서 마음이 따뜻해진다. 편지를 받아들고 설레던 때가 언제였던가. 우편함에는 날마다 고지서와 전단지가 쌓여도 손으로 쓴 편지는 좀처럼 받아볼 수가 없다. 사는 일은 점점 편해지는데 사람들은 바쁘고 감정은 메말라간다. 편지를 잊어버린 사람들,

필요하면 언제든지 전화기를 들어 목소리로 만나고 얼굴로 만난다. 우리는 지금 엄청나게 빠른 속도로 움직이는 세상에 살고 있다. 휴대전화는 초등학생에서부터 노인까지 거의 지니고도 집집마다 컴퓨터가 있어 편지를 보낼 일도 만나는 일도 줄어들었다.

사는 게 재미없는 날, 황금색 편지상자를 꺼낸다. 그 속에는 오래 전부터 정을 나누었던 사람들의 편지가 가득 들어 있다. 서예학원에서 내게 천자문을 배우던 아이들이 보낸 아기자기한 편지와 초등학교 동창 혜자가 풍파를 겪은 친구를 위로하는 편지, 군에 간 아들이 어미를 그리는 편지, 그리고 한지에 종서로 곱게 내려 쓴 스님의 편지는 가장 많다. 젊어 한때, 비바람에 흔들리며 스님에게 길을 물은 적이 있다. 절을 떠나 승가대학에서 공부하는 스님에게 세상 고민을 보따리로 풀어 놓았으니 얼마나 곤혹스러웠을까. 철이 없었다. 자애로운 어머니처럼 달래고 다독이며 바른 길을 일러준 편지를 다시 읽으며 혜기스님께 감사한다. 스승이신 윤모촌 선생의 엽서와 편지도 여러 장이다. 1990년 8월 17일 보낸 편지에는 '몸이 편치 않아 9월 한 달은 아무것도 못할 것 같다'고 쓰여 있다. 지금은 세상에 안 계신 스승의 필체가 적힌 누런 원고지를 보며 병고에 시달리던 모습이 떠올라 눈물이 핑 돈다.

편지 쓰기를 좋아하던 삼십대 후반, 무슨 고민이 그리 많았는지 세상 고뇌 다 짊어진 사람처럼 잠 못 이루고 밤새 편지를 썼다. 학원에서 쓰다 남은 색색의 화선지로 봉투를 만들고 편지를 써서 책갈피에 눌러 놓은 새하얀 수국 꽃잎을 뿌렸다. 편지지를 꺼낼 때 하르르 날리는 꽃잎을 보며 '어머나'하고 행복해 하는 모습을 상상하면서- 그렇게 마음 한 조각 띄워 보내면 무거운 짐을 덜어낸 듯 홀가분하여 날마다 편지를 쓰고 또 썼다. 작은 일에 아파하고 괴로워하며 밤새 편지를 쓰던 젊음, 고민만큼이나 꿈도 많았던 다시 돌아가고 싶은 아름다운 시절이다.

편지는 보내는 사람보다 받는 사람이 더 행복하다. 파주문학회 신윤자 초대 회장이 내게 보낸 편지 서두에는 '근숙, 오늘따라 을씨년스런 기분으로 퇴근을 했는데 낯익은 글씨의 봉투를 보고 얼마나 반가웠는지. 금방 뜯어보고 싶은 설레는 가슴을 억누르고 평상복으로 갈아입고 정좌해서 커피를 마시며 기분을 한껏 내어 천천히, 다섯 번 읽었어요.' 라고 쓰여 있다. 이런 편지를 받은 후 부터는 더 정성을 기울이게 된다. 파주문학회 초창기에는 회원들과 편지를 많이 주고받았다. 혼자 흘러가는 물살처럼 독백을 적어 보내기도 하고, 속마음을 털어놓고 자신의 문제와 상대의 문제까지 깊이 생각하면서 정을 나누었다. 그 정이 이어져 23년이라는 긴 세월동안 우리는 문학의 길을 함께 걷는다. 내게 편지를 받은 회원들은 지금도 그 시절을 추억하며 편지할 것을 당부한다.

빛의 속도로 전달되는 전자우편에 밀려 달팽이처럼 느린 일반 우편에 담긴 정성은 점점 빛을 잃어간다. 나 역시 휴대전화기와 컴퓨터의 편리함 속에 옛날의 정서를 잊고 살아가지만, 빨간 우체통이 있는 우체국 앞을 지날 때면 정다운 사람에게 편지를 쓰고 싶어진다. 그리움도 설렘도 기다리지 못하는 조급한 우리, 조금 느리고 천천히 살아보면 어떨까. 그리움을 참아가며 편지를 쓰리라. 깊숙이 넣어둔 화선지 뭉치를 꺼내 종이를 오리고 붙여서 봉투를 만들고, 가슴으로 몇 번씩 걸러낸 결 고운 언어로 사랑하는 사람에게 편지를 써야겠다. 꽃봉투를 들고 우체국으로 달려가는 나는, 젊은 연인을 만나러 가는 발걸음처럼 행복하리라.

2011. 가을

그 후, 스물세 해

책꽂이에 꽂혀있는 동인지 23권의 '작은 글 뜰'을 보면서 세월이 참 빠르다는 것을 느낀다. 스물세 권의 동인지 속에는 우리들의 23년 동안 발자취와 파주문학회 역사가 그대로 적혀있다. 1988년 9월 14일, 자운서원에서는 율곡선생을 기리는 문화행사 제 2회 율곡문화제가 열렸다. 학생, 성인으로 나뉘어 백일장, 사생대회, 휘호대회에 등 떠밀려 나간 백일장에서 입상을 하였다. 시상식은 그 다음날, 통일로 공원에서 있었다. 올림픽 성화가 지나가는 날이라 통일로 주변은 온통 축제 분위기였다. 입상을 한 다섯 여인은 한복을 곱게 차려입고 파주시민이 모인 자리에서 상을 받았다.

며칠 후, 장원을 한 신윤자씨가 입상자들을 집으로 초대를 했다. 월롱 농협 뒤 빨간 기와집에는 음식이 푸짐하게 차려져 있고 먼저 온 여인들이 반겨 주었다. 정성껏 차린 음식을 먹으며 조심스레 이야기를 하다 글을 좋아하는 마음이 모아졌다. 그 후 '파주여성문학회'라는 이름으로 심사를 해 주신 윤모촌 선생님을 모시고 글공부를 시작했다. 그때 회비는

2,000원으로 차비도 제대로 드리지 못했고 점심 식사도 각자 싸 가지고 와서 해결을 했다. 그리고 1년 뒤 '작은 글 뜰' 창간호를 냈고 그것을 교제로 삼았다. 빨간 볼펜으로 수없이 긋고 고친 창간호를 보면서 아둔한 자식들을 가르치듯 정성으로 지도하신 스승의 마음을 헤아린다.

'작은 글 뜰' 제 2집을 준비하던 봄날, 아이를 업고 제 발로 찾아온 이가 있었다. 자그마한 체구에 삼십대 초반으로 보이는 여인은 신문을 보고 왔다고 했다. 그가 성지오 회원이다. 문학에 관심 있는 사람들이 그렇게 하나 둘 모여들고 봄가을로 열리는 파주의 공식 백일장에서 입상한 수상자들의 영입으로 식구가 늘어났다. 시낭송, 편지쓰기대회 등 각종 문화행사를 개최하면서 파주여성문학회는 해마다 꽃을 피웠다.

내게는 두꺼운 앨범 한 권이 있다. 통일로 공원에서 상 받는 사진에서부터 그동안 우리가 걸어온 흔적들이 그대로 들어있다. 묵은 일기장 꺼내보듯 가끔씩 꺼내 보면서 '그때가 좋았구나' 하는 생각을 하게 된다. 동인지를 서너 권 낸 뒤부터는 회원도 많아졌고 열정도 대단했다. 92년 송년회 사진을 보면 촌스럽지만 순수했던 그때가 그립다. 장소는 송은 서예실에서 천장에서부터 온통 추리장식을 하고 회원 모두 한복을 입었다. 음식은 잘하는 것으로 한 가지씩 분담을 했고 가족들까지 모두 모였다. 고등학생인 아들은 기타로 반주를 맡았고, 적성 북 파주농협 사물놀이패가 특별 출연으로 흥을 돋웠다. 가족끼리 손을 잡고 노래를 부르고 자작시를 낭송했다. 가장 재미있었던 것은 촌극 '놀부전' 이었다. 무대 뒤에 놀부네 집을 그려 놓고 어설픈 연극을 했는데, 출연한 사람이나 보는 사람 모두 배를 잡고 웃었다. 촛불을 밝혀놓고 온가족이 한마음으로 보낸 송년회는 다시 올 수 없는 소중한 시간이었다.

지금은 회원 반 이상이 문단에 등단을 했고 개인집을 낸 회원도 여러 명이다. 이는 본인 스스로의 노력이 있었지만 그동안 가르침을 주신 스승님 덕분이다. 16년 동안 시집보낸 딸자식을 염려하듯, 때로는 인자하고 때로는 매섭게 가르쳐주신 윤모촌 선생님, 험한 세상 다치지 않고 곱게 커나가기 위해 집안 울타리 '작은 글 뜰'에서 어른이 되기를 기다리자는 마음에서 책 제목을 '작은 글 뜰'이라 붙여 주셨다. 어줍지 않은 글을 원고지 칸칸에 써 내려가던 때, 내 나이 꽃다운 삼십대였다. 세월은 흘러 '작은 글 뜰'도 스물세 살이 되었고 내 얼굴에도 나이가 들었다. 지금쯤이면 잘 다듬어진 수필 한 편 쓸 수 있어야 하는데 글은 아직도 부족하기만 하다.

글을 사랑하는 벗들이 곁에 있어 문학의 길을 함께 갈 수 있으니 다행으로 여긴다. 23년 전, 신윤자씨가 우리를 불러 모임을 만들지 않았다면 파주여성문학회는 없었을 것이고, 글 쓰는 고통도 행복감도 알지 못했을 것이다. 글이 안 써져서 원고마감에 쫓길 때 우리는 '괜히 불러들여 힘들게 한다' 고 투정을 부리기도 한다. 신윤자씨가 초대회장으로 10년간 문학회를 이끌었고 2대는 오순희씨, 3대는 이정님씨가 맡았다. 스승이신 윤모촌 선생님이 세상을 떠나셨고, 16년 간 써오던 '파주여성문학회'라는 명칭을 문호를 넓히는 의미에서 '파주문학회'로 개칭했다.

스물세 번째 동인지를 읽으며 감회가 새롭다. 험한 세파에 시달려도 고운 심성 변치 않는 문우들이 고맙고, 사랑의 눈길로 지켜봐주신 분들도 감사하다. 이제 성인이 되었으니 더 성숙된 필력을 다져야 할 것이다. 지금부터 다시 시작하는 마음으로 붓 끝을 모아본다. 아직 갈 길이 멀다.

2011. 가을

계사생癸巳生의 합창

올해는 계사년癸巳年 뱀띠 해로 60년 전에 태어난 계사생은 환갑이 되는 해이다. 사람들은 자신이 태어난 해의 천간지지天干地支를 또 한 번 맞이하게 되면 그동안 잘 살아온 것에 감사하며 잔치를 한다. 그 옛날 부모님 환갑잔치는 며칠 전부터 음식을 장만하여 상을 차리고, 한복을 곱게 차려입은 자손들의 절을 받으며 떠들썩하게 동네잔치를 했다. 수명이 길어져 백세시대인 요즘, 환갑잔치를 하는 사람은 거의 없고 가까운 이들과 조촐하게 식사를 하거나 여행을 떠나기도 한다. 파주에서 나고 자란 초등학교 벗들은 올해 환갑을 맞아 특별한 여행을 계획했다. 가끔 만나 등산도 가고 집안일에 서로 오고 가지만 '우리가 태어난 계사년을 그냥 보낼 수 없다'며 1박 2일 여행을 가자는 의견에 마음이 모아졌다.

배낭을 메고 버스에 오르는 모습이 마치 소풍가는 아이들처럼 즐거워 보인다. 오늘 함께 가는 서른 두 명은 아직도 젊은이 못지않은 생활을 하고 있지만 열일을 제치고 나온 친구들이다. 축사일로 바쁜 명숙이도 참석을 했고, 시집 간 딸의 출산예정일인데도 '이틀만 참아라' 사정하고 왔다는 인녀의 말을 들으며 우리의 정이 얼마나 깊은지를 알 수가 있었다. 종갓집 며느리인 혜자는 꼭두새벽에 일어나 농사 지은 콩으로 죽을 세 통이나 쒀왔다. 입이 깔깔한 아침에 죽보다 더 좋은 음식이 있을까. 꼭 나를 위해 쒀온 것 같아 두 그릇이나 먹었더니 속이 편안하고 기운이 솟는 듯하다.

회장을 맡은 명준이는 여행일정표를 일일이 인쇄하고 술과 간식거리도 꼼꼼히 준비했다. 즐거운 여행길에 술과 음악이 없으면 삭막하다곤 하지만, 그렇기로 아침부터 흥겨운 음악에 술잔을 돌리는 것이 뭣하지만 가져온 술은 다 마시고 가야 건강하게 오래 산다는 친구의 밉지 않은 익살에 아무도 거절 못하고 웃으며 잔을 받는다. 가벼운 발걸음으로 떠나는 여행, 허물없는 벗들과 함께여서 더 즐겁다. '파주초등학교 57회 환갑여행'이라 써 붙인 버스는 초록이 뒤덮인 들판을 달려 어느새 강원도 인제 내설악 입구에 도착했다.

속세를 떠나듯 구불구불 산속으로 들어가 긴 다리를 건너면 설악이 품은 천년고찰 백담사가 보인다. 이곳은 시인이며 독립운동가인 만해 한용운 선생이 '조선불교유신론'과 시집 '님의 침묵'을 집필했던 곳이다. 일제 식민지 시절 잃어버린 나라를 되찾기 위해 몸 던져 애쓰신 분, 만해 기념관에서 선생의 자취를 더듬어 보고 돌 틈에서 흐르는 차가운 물을 마셨다. 처음 찾은 길이기에 찬찬히 경내를 둘러보고 수학여행 온 학생들처럼 현수막을 펼치고 단체사진을 찍었다. 어른들이 어깨동무하고 장난을 치면서 사진 찍는 모습이 재미있어 보였던지 물 마시러 온 열댓 살짜리 아이들이 해맑게 웃으며 바라본다. 우리에게도 저렇게 푸르던 시절이 있었는데, 세월은 눈 깜짝할 사이 가을 숲으로 데려다 놓았다. 녹음

우거진 성성한 계절은 아니어도 가을바람에 흩날리는 반백의 머리, 주름진 벗들의 얼굴이 아름다워 보이는 것은 열심히 살아온 값진 시간의 흔적이며 훈장 같은 장한 모습이기 때문이다.

낙산사로 향하는 버스에서 남자 친구가 무언가를 던지며 받으라 한다. 얼떨결에 받고 보니 물병에 뱀이 들어있는 게 아닌가. 기겁을 해서 내던지고 비명을 질렀다. 가짜 뱀이 어쩜 그리 똑같은지. 그 옛날 사방치기, 고무줄놀이를 하며 재미나게 놀고 있을 때 '아이스케끼'하며 치마를 들치고 고무줄 끊어 달아나던 남자애들은 나이가 들어도 짓궂기는 초등학교 때 그대로이다. 철없는 아이들마냥 재잘거리며 팔짱을 끼고 홍련암으로 가는 길목에는 빨간 해당화와 하얀 해당화가 곱게 피었다. 홍련암은 의상대사가 동굴 속으로 들어간 파랑새를 따라가 석굴 앞 바위에서 기도하다 연꽃 위의 관음보살을 친견하고 세운 암자라 한다. 오래전 어머니를 모시고 왔을 때는 바닥에 난 구멍 유리로 절벽 아래 관음굴을 볼 수 있었는데, 화재 이후 암자도 다시 짓고 나무도 심어 예전의 모습은 아니었다. 벼랑 위에 세워진 정자亭子 의상대는 옛 모습 그대로 해풍에 굽은 소나무가 한 폭의 그림이다.

호텔에 짐을 풀어놓고 횟집에서 느긋하게 저녁을 먹었다. 성성한 회를 앞에 놓고 친구가 들고 온 산삼주와 오디술을 번갈아 마시며 이야기가 꽃을 피운다. 어둠이 내린 지도 한참 되었다. 오늘은 사월 열엿새, 보름달보다 더 밝은 달빛에 이끌려 낙산해변으로 달려 나갔다. 밀려가고 밀려오는 파도 소리가 시원하게 가슴을 쓸어내린다. 사는 일이 힘겹고 답답할 때 얼마나 바다가 그리웠던가. 결 고운 모래밭에 철퍼덕 앉은 우리는 누가 먼저랄 것도 없이 노래를 불렀다. '조개껍질 묶어 그녀의 목에 걸고' '별이 쏟아지는 해변으로 가요 해변으로 가요' 노래는 끝없이 이어지고 일찍 개장한 해수욕장을 찾은 사람들은 우리를 환영이라도 하는 듯 연달아 폭죽을 터트린다. 노래를 부르다 목을 축이고 거나하게 취한 벗들의 걸쭉한 농담과 익살로 또 한 번 웃음바다가 된다. 일렁이는 달빛 아래 파도소리 곁에 두고 우리들은 행복함에 젖어 밤이 깊어가는 줄도 몰랐다.

이른 아침을 먹고 강릉으로 향했다. 온갖 번민 내려놓고 쉬고 또 쉰다는 절집 휴휴암休休庵. 부처님도 바위에 비스듬히 누워 삼매에 들었다. 젊은 날 가정 이루고 자식 키우느라 언제 한번 맘 놓고 쉬어본적 있던가. 꿈을 향해 앞만 보고 달리다 보니, 어느새 손자손녀 재롱 보며 행복에 젖는 나이가 되었다. 처음으로 떠나온 친구들과의 1박 2일 여행, 바다는 넓은 가슴을 열고 삶에 지친 우리를 품어 안는다. 팔 베고 누워 삼매에 든 부처님처럼 나도 다리 쭉 뻗고 쉬고 싶지만, 일정이 바빠 오죽헌으로 발길을 돌렸다. 집 주변이 검은 대나무가 둘러싸인 오죽헌烏竹軒은 신사임당의 친정이며 율곡선생이 태어난 곳이다. 오죽헌 너른 마당을 거닐며 선생의 어린 시절 뛰어놀던 모습을 그려보고, 어제각御製閣으로 갔다. 그곳에는 선생의 친필 '격몽요결'과 정조가 선생을 찬양한 글이 새겨진 벼루가 보관되어 있다. 율곡선생과 신사임당이 잠들어 계신 우리 고장 파주 자운서원 기념관에는 없는 귀한 유품이기에 한참 들여다보는데 친구들은 '뭘 그리 오래 보느냐'며 팔을 잡아끈다.

오후가 되니 마음이 바빠진다. 허난설헌許蘭雪軒 생가와 선교장을 둘러보고 돌아갈 채비를 서두른다. 싱싱한 문어도 두 마리 주문하고 모자라는 술과 음료도 샀다. 집으로 돌아가는 차안에서 스쳐지나가는 바깥 풍경을 보며 소중한 이들을 생각했다. 살아가는 동안 수없는 사람을 만나고 헤어지지만 초등학교 동창처럼 가까운 사이는 그리 많지가 않다.

한 고을에서 나고 자라 삶의 굴곡까지 훤히 알고 있는 벗들과 함께 나이 들어간다는 것은 참으로 든든하고 고마운 일이다. 긴 세월 많은 사연과 시련 있었으련만 마을 어귀 아름드리 느티나무처럼 의연하게 고향을 지키는 친구들이 자랑스럽다. 횡성 산비탈에는 소들이 한가로이 풀을 뜯고, 멀리 보이는 산 넘어 산, 겹겹의 산봉우리는 지나온 세월인 양 아슴푸레하다. 이번 여행에서 우리는 기쁜 마음으로 하나 되어 노래했고, 지난 삶을 되돌아보는 소중한 시간이었다. 계사생癸巳生 뱀띠 내 친구들, 나이는 세어 무엇하리. 우리는 지금 청춘버스를 타고 아까시, 이팝꽃 흐드러진 싱그러운 오월을 달려가고 있다.

2013. 오월

비 오는 강가에서

비가 내린다. 백 년 만이라는 유월 더위, 오랜 가뭄 끝에 쏟아져 내리는 빗소리는 오매불망 기다리던 반가운 손님이다. 길을 가던 사람들은 온몸으로 비를 맞으면서도 즐겁다. 물주머니를 달고 섰던 가로수도 울타리에 기대어 애타게 비를 기다리던 넝쿨장미도 목을 축이고 풋풋하게 살아난다. 이맘때 비가 내리지 않고 가뭄이 계속된다면 모가 튼실하게 자라지 못해 알곡을 수확하기도 어렵거니와 일년 밭농사도 망치게 된다. 무릎까지 차는 긴 장화를 신고 논에 물을 대고 논두렁에 흙을 돋우는 농부의 활기찬 모습에서, 비는 말 그대로 소중한 생명수이며 자연이 주는 넉넉한 젖줄임이 느껴진다.

염천에 갈증을 해갈시켜주는 비, 한바탕 쏟아진 비로 거북등처럼 쩍쩍 갈라진 논바닥이 질퍽해지고 빛을 잃어가던 들판도 초록으로 생명의 기운이 넘친다. 시원스레 쏟아지는 빗줄기를 바라보며 느긋하게 앉아 차를 마시는데 아랫마을 사는 여인이 와서 드라이브나 하자고 잡아끈다. 일요일에 성당도 안가고 느닷없이 찾아온 것을 보면 마음이 울적한 모양이다. 빗소리를 들으며 갑자기 눈물이 쏟아졌다는 그녀는 핸들을 잡고 어디로 가면 좋겠느냐 내게 묻는다. 비오는 날 어디를 가도 좋겠지만 우울할 날은 강물을 바라보는 것이 좋을 것 같아 "강으로 가자"고 하였다.

강이 잘 내려다보이는 반구정으로 올라갔다. 임진강변에 자리한 반구정은 조선 초기 명재상인 방촌 황희선생이 갈매기를 벗 삼아 시를 읊고 정담을 나누던 정자다. 아래로 강이 흐르고 철새가 날아들어 정자에 오르면 누구나 시인이 되는 풍광 좋은 곳이다. 남과 북을 이어주는 유일한 강, 민족의 한을 안고 흐르는 임진강은 우리네 가슴처럼 수많은 사연을 간직하고 있다. 비오는 강가에서 말없이 강물만 바라보는 그녀의 마음을 나는 안다. 시원스레 쏟아지는 빗줄기는 들과 계곡을 더듬어 강으로 흘러든다. 고기가 노는 것까지 훤히 보이던 강물이 오늘은 황톳물과 섞여 희뿌옇다. 그녀의 마음같이.

예전부터 가깝게 지내는 그녀와는 집안사정까지 잘 알고 있는 사이다. 사는 일이 바빠 자주 만나지 못해도 마음을 추스르기 힘들 때면 나를 찾아온다. 딸 넷을 낳고 그렇게도 바라던 아들까지 얻었는데 그녀의 남편은 무슨 연유인지 집을 떠나 돌아오지 않는다. 시부모 모시고 다섯 아이들 키우느라 안 해본 일이 없다. 굽이굽이 힘든 고비를 넘길 때마다 처자식을 버리고 떠난 사람이 야속했지만 반듯하게 자라는 아이들을 바라보며 열심히 살았다. 자신을 뒤돌아볼 사이도 없이 젊음은 가버렸고 아이들도 이제 어미 품을 떠나 제 길을 가고 있다. 숙명처럼 묵묵히 자신의 삶을 받아들이고 헤쳐 나가는 그녀를 보며 '작은 체구 그 어디에 그렇게 강한 힘이 숨어 있을까' 대단하게 생각되었다. 그런데 오늘 아침 빗소리가 꼭꼭 걸어 놓은 감성의 빗장을 풀어 놓았다. 비는 팍팍한 가슴을 촉

촉이 적셔주고 죽어가는 생명 어루만지기도 하면서, 짓궂게도 허허로운 여인의 가슴을 두드려 눈물 흠뻑 젖게 한다.

복받치는 설움처럼 장대비가 쏟아진다. 강은 안다 비의 슬픔을. 가슴을 적시며 울고 있는 빗방울을 강물은 감싸 안고 출렁거린다. 모든 것을 받아 안고 흘러가는 강은 언제 찾아와도 포근하게 안아주고 위로하는 깊고 넓은 가슴이다. 바라만 보고 있어도 답답하고 풀리지 않던 세상일이 물결 따라 흘러 편안해진다. 내게 아픔이 없었다면 강가를 찾지 않았을 것이다. 내가 슬픔을 모르는 사람이었다면 아마 그녀도 나를 찾지 않았을 것이다.

비가 퍼붓는다. 정자를 에워싼 갈참나무에 쏟아져 내리는 빗소리가 난타의 공연처럼 요란스럽다. 나무에서 떨어져 내린 물은 낮은 곳에 제 몸을 맡기고 쉼 없이 부딪고 섞이면서 흘러간다. 종국에는 넓은 품으로 보듬어줄 강을 찾아가는 아름다운 여정이다. 강물을 바라보며 평정을 찾은 그녀는 "언니 어떻게 살아야 잘 사는 걸까" 한다. 유유히 흘러가는 저 강은 언제나 우리의 하소연을 들어주고 물처럼 살라고 타이른다. "물처럼 살자" 어느새 그녀와 나는 비오는 강가에서 물이 되어 흘러가고 있었다.

2013. 여름

비 오는 날

모처럼 산사山寺를 찾으려는데 아침부터 비가 내린다. 남편과 사소한 일로 마음이 상해 망설이다가 빗소리를 들으며 집을 나섰다. 달리는 차 속에서 마음을 바꾸려고 창밖을 내다본다. 가을걷이를 못한 들녘은 을씨년스럽기만 하다. 농촌도 이제 모든 것이 기계화 되었는데도 일손이 부족해 다 지은 곡식을 제때 거둬들이지 못하고 있다. 우울하다. 가을걷이를 못한 농민들의 마음도 비 내리는 오늘처럼 우울할 것이다.

비는 세차게 쏟아지고 바람이 부는 대로 나뭇잎이 떨어져 내린다. 마음속의 번뇌도 저렇게 떨어져 주었으면. 홀가분해지고 싶다. 그래서 가방도 우산도 챙기지 않았는데 잡다한 생각들이 꼬리를 잇는다. 대범하게 넘길 일도 마음을 쓰고 사소한 일도 그대로 넘기질 못한다. 어떤 것이 옳고 현명한 처사이고 어떤 것이 진정한 삶의 모습인지 새삼 생각해 보게 된다. 많은 선인들은 옳게 사는 법을 말하고 있지만 그 길을 찾아가기란 쉽지가 않다. 삶의 방향을 정하고 용케 버티어 가다가도 방황하는 나를 발견하곤 한다. 때로는 막다른 골목에 이르렀다는 생각도 해보고 그러다가 모든 것을 긍정적으로 돌리기도 한다.

마음의 갈피를 잡을 수 없을 때는 절을 찾는다. 부처님이 허둥대는 나를 안쓰럽게 내려다보는 것 같다. 부처를 닮으려는 마음으로 향을 사르고 오체투지 예로 몸을 던져 절을 한다. 몇 시간 절을 하다 보면 하염없이 눈물이 흐르고 그렇게 원망스럽고 섭섭했던 일들이 모두 내게서 비롯되었다는 생각으로 바뀐다. 모든 일은 마음먹기 달렸다고 한다. 한 생각 바꾸고 나면 편해지는 것을 그것이 쉽게 되질 않아 나 자신과 이렇게 씨름을 하고 있는지 모른다.

몸이 다 젖었다. 실연이라도 한 여자로 보였는지 같은 방향으로 가는 이가 슬며시 우산을 받쳐준다. 비를 맞아도 즐거운 때가 있었는데 지금은 비를 맞는 대로 가슴이 젖는다. 스님은 흠뻑 젖은 나를 반겨 맞는다. 경내로 들어서면서 어두운 생각을 털어버렸다. 이곳은 비구니 십여 명이 수도하는 곳이다. 사랑도 미움도 버려서인가 근심 없는 얼굴은 맑기만 하다. 스님의 안내로 경내를 돌아보고 돌 틈에서 흐르는 물 한바가지 마셨다. 몸과 마음이 맑게 행군 듯 개운하다. 점심공양을 마치고 다과상이 차려진 방으로 갔다. 중년남자가 스님과 상담중이다. 부부간의 갈등을 겪고 있는 그는 아내가 자기의 마음을 몰라준다며 하소연을 하고 있다. 부부는 일심동체라 한다. 부모나 형제보다 가깝고 편안한 사이이다. 그러면서도 모든 고통은 가장 가까이서 주고 받아야 한다.

스님은 모두 버리라 일러준다. 섭섭한 마음도 사랑하는 마음까지도 놓아 버리라 한다. 집착을 놓아 버릴 때 아무것도 연연하지 않으며 자유자재로 해탈을 얻을 수 있다고 하였다. 호소하는 이들은 또 있었다. 어찌하여 속세를 떠난 스님을 찾아와 복잡한 세상일을 털어놓는 것인지, 하소연을 일일이 들어주고 답을 해야 하는 스님도 괴로운 일이다. 사십이 넘은 나이에 출가한 스님은 다 버려서인가 깨달음을 얻어서인가 흔들림 없는 목소리는 세상을 초월한 듯 편안해 보인다. 그 모습을 보며 세상살이를 제대로 못할 바에는 산사에서 마음을 닦는 공부나 하는 것이 낫지 않을까 생각해본다.

정낭淨囊 벽에는 붓으로 단정하게 쓴 글이 붙어 있다. '버리고 또 버리면 큰 기쁨 있네, 탐진치貪瞋癡 삼독三毒도 이같이 버려 한순간 죄악을 없게 하리라' 화장실 벽에는 버리는 사람만이 기쁨이 있다고 쓰여 있다. 버리는 사람만이 번뇌를 벗고 해탈의 기쁨을 얻을 수 있다지만 그것이 쉬운 일인가. 그 말이 짐작은 가나 경지에 이르기는 먼 길이다. 비는 여전히 내리고 한데 모인 물들이 온갖 것들을 쓸어내린다. 나도 가슴 가득한 번뇌를 버려야지 하면서 비오는 길을 되돌아왔다.

술예찬

송년 모임에 갔던 남편이 거나하게 취해 돌아와서는 품속에서 술병 하나를 꺼내 놓는다. 그러면서 하는 말이 맛이 기가 막히다며 어서 병을 따라고 한다. 내가 술을 즐겨하는 것으로 알고 있는 남편은 내게 주려고 술을 병째로 들고 온 것이다. 평소에 못 보던 모습이라서 어쩐 일이냐고 의아해 하는 나를 보고는, "무전천지無錢天地 호걸豪傑이요, 무주강산無酒江山에 무호걸無豪傑인데 장부가 어찌 술을 멀리하겠느냐"며 안하던 농담까지 건넨다.

남편은 술을 못하는 사람이다. 부득이 술잔을 받아야 할 자리에서는 입술만 적셔도 얼굴이 홍당무가 되지만, 나는 맥주 두어 병 거뜬히 비우고도 얼굴색 하나 변치 않는다. 술을 잘 마시는 것은 애주가인 아버지를 닮아서이지만 자연스럽게 술맛을 보며 자랐기 때문이기도 하다. 농사일을 하려면 출출함과 힘겨움을 달래줄 막걸리가 있어야 하기에 우리 집은 일 년 내내 술이 떨어지지 않았고, 아랫목에는 언제나 담요를 둘러놓은 술독이 있었다. 누룩에 버무린 술밥이 댓새가 지나면 항아리에서 뽀

글뽀글 발효되는 소리가 들린다. 술 익는 냄새가 방안 가득하면 엄마는 고운 체에 술을 걸러놓고 남은 지게미에 당원을 넣어 내게 주었다. 달착지근한 맛에 마냥 먹다보면 얼굴이 화끈거리고 기분이 좋아졌다.

여름이면 쉰 보리밥이 아까워 누룩을 넣고 보리술을 만들었다. 사나흘이면 먹을 수 있는 보리술은 걸쭉하면서도 맛이 있었는데 지금의 요구르트 비슷한 맛이었다. 술이라기보다 최고의 발효음료였다. 여름이면 보리술을 자주 먹었다. 지금도 멋모르고 먹던 그 때의 그 맛이 그리워진다. 할 수만 있다면 엄마한테 술 담그는 법을 배워서 누룩 술 한 항아리 담가보고 싶다. 깊은 밤, 발효되는 소리를 들으며 글을 읽는다면 얼마나 운치 있을 것이며, 허물없는 술친구들을 불러 용수 박아 떠낸 술을 마시며 정담을 나눈다면 또 얼마나 즐겁겠는가.

나는 술보다 술 마시는 분위기를 좋아한다. 가까운 사람들과 갖는 술자리는 생활의 윤활유가 되기도 하고, 거북하고 서먹한 사이라도 술 한 잔 하고 나면 스스럼없이 가까워진다. 술을 못하는 사람은 그런 자리가 고통스러워 슬며시 자리를 뜨는데, 그래서 남자가 술을 못하면 친구가 적어진다는 말을 하기도 한다. 장부가 갖추어야 할 요건으로 금ㆍ서ㆍ시ㆍ화ㆍ기ㆍ가ㆍ주琴ㆍ書ㆍ詩ㆍ畵ㆍ碁ㆍ歌ㆍ酒 일곱 가지가 있다. 이중에 술이 들어있지 않은가. 아마도 술을 마실 줄 모르면 장부로서의 자격을 다 갖추지 못했다는 말일 것이다. 술을 못하는 남편은 도자기 가마에 가서, 일무一無, 삼소三少, 오가五可, 칠의七宜, 구족九足이라 쓴 주병을 구워 가지고 왔다. 한 잔 술은 없고, 석 잔 술은 적으며, 다섯 잔은 가하고, 일곱 잔은 마땅하며, 아홉 잔을 마셔야 만족 하다는 뜻이다. 어떤 자리에나 술이 있게 마련이다. 적당하면 즐거움을 더해주고 괴로울 때는 그 괴로움을 덜어 주기도 하지만, 과하면 말이 많아질뿐더러 이성은 사라지고 감성이 앞서 판단력이 흐려지게 된다.

어쩌다 술집에 가면 친구는 내가 마치 술꾼이나 되는 것처럼 대우하지만, 실은 기껏해야 생맥주 두어 잔이 고작이다. 한 잔을 비우고 나면 마음이 느슨해지고 좋은 사람과 만나 대화가 무르익으면 술맛이 제법 동해서 한잔 더 들게 되는 것뿐이다. 분위기에 따라 술맛도 다르고 주량도 달라지는 것을 보면, 어쩌다 분위기를 찾아 전전하는 남자들을 나무랄 수만은 없는 일이다.

술집에 가서 보면 가지가지의 모습들이 볼만하다. 심각한 표정으로 대화를 하는 이들이 있는가 하면, 구석자리에서 묵묵히 앉아 술잔을 기울이는 사람도 있다. 만사주배중萬事酒杯中, 세상만사가 술잔 속에 담겼다. 저런 모습들이 무작정 취하기 위해서 마시는 것이 아니라 가시지 않은 정신적 허기와 현실불만에서 탈출해 보려는 모습인지도 모른다. 술을 마시는 이유를 묻는다면 저마다의 대답이 있을 것이나 적당히 즐기기 위해 마신다면 그것은 생활의 여유를 즐기는 것이라고 본다.

술을 즐겨하던 옛사람들은 버드나무 옆에만 가도 입맛 다시고, 체 장사만 지나가도 술맛 돋운다는 말을 했다. 술을 사랑한 시인 이백李白은 그의 시에서 하늘이 술을 사랑하지 않으면 주성酒星이 없었을 것이고, 땅이 술을 사랑하지 않으면 주천酒泉이 없었을 것이라 했다. 그는 하늘과 땅이 본시부터 술을 사랑하니, 하늘과 땅 사이에 사는 내가 술을 즐기는 것은 조금도 부끄러울 것이 없다고 하였다. 그러나 오직 술꾼만이 취흥을 알 것이므로 아예 술을 마실 줄 모르는 사람에겐 자신의 말을 전하지 말라고 했다는 것이다.

늦은 저녁, 시골에서 가져온 누룩 술을 한 잔 마셨다. 한 모금 술에 취기가 도는 남편은 장고 채를 잡더니 장단에 맞춰 노래를 시작한다. '술이라니 이백이 기경포도주며, 떨어졌다 낙화주며, 산림처사 송엽주며, 도연명의 국화주며, 마고선녀 천일주며, 맛좋은 감홍주, 빛 좋은 홍소주, 청소주…' 흥겨운 가락에 흥취는 더해가고 술기운에 젖어 나는 잠시나마 복잡한 세상사를 잊는다.

1994. 겨울

4

행복한 휴일

허수아비

들판에 곡식이 익어갈 때면 농부들은 허수아비를 만들어 곳곳에 세워 놓는다. 여름내 지어 놓은 곡식을 축내는 참새 떼의 피해를 막기 위한 파수꾼이다. 허수아비는 만드는 이의 솜씨에 따라 제각기 모양이 볼만하다. 그럴듯한 양복으로 구색을 갖춘 멋진 허수아비가 있는가 하면 빨갛고 파란 셔츠에 유행 지난 모자까지 씌워 놓은 우스꽝스러운 것도 있다.

요즘에는 씨앗이나 싹을 쪼아 먹는 새를 쫓기 위해 봄에도 허수아비를 세워 놓는다. 새들도 약아빠졌다. 바람에 펄럭이는 허수아비를 보고도 달아나던 새들이 이제는 허수아비 정수리에 버티고 앉아 허수아비를 정말 허수아비로 만들고 있다. 이렇게 되니 참새와 농부의 머리싸움이 시작된다. 농부들은 참새 떼를 쫓느라 깡통을 매달아 흔들기도 하고 아예 밭 전체를 그물로 덮어씌우기도 한다.

2년 전만 해도 친정에는 사과농사를 지었다. 꽃이 피고 열매를 맺으면 하나하나 솎아내어 봉지를 씌운다. 열매 하나가 익을 때까지 얼마나 많은 정성을 들여야 하는지 농사를 지어본 사람만이 안다. 여름내 땀 흘려 가꿔놓은 것을 까치란 놈이 와서 가장 실한 것만 골라 쪼아 놓는다. 엄마는 그것이 아까워서 가으내 밭에 나가 새 쫓는 것이 일과였고, 아버지는 무슨 약인가 놓아 까치를 잡기도 하였다. 겉으로 봐서는 그럴 것 같지 않은데 하는 짓은 실망스런 사람처럼, 좋은 소식을 전해준다는 까치란 놈이 애써 가꾼 농사를 망쳐 놓는다.

벼가 익어갈 무렵 논둑길을 걷는데 총소리가 들린다. 근방에 사격장이 있는 줄 알았다. 새 쫓는 소리라 한다. 허수아비를 세워 놓아도 깡통을 두들겨 보아도 새떼의 약은 꾀를 막을 도리가 없어 고심 끝에 농부들이 생각해낸 것이 총소리인 듯싶다. 고요한 시골의 정적을 깨는 총소리, 그 소리를 믿고 농부들은 마음을 놓는다.

넷째 동생이 과수원 옆에 집을 지어 동기간들은 새집에서 정담으로 밤을 지새웠다. 새벽이 되자 새소리가 시끄러웠다. 새소리에 잠을 깨어 본 지가 얼마만인가. 기분이 상쾌했다. 더 누워 있을 수가 없어 문을 열고 밖으로 나갔다. 모였다 흩어지고 다시 모여 지저귀는 새떼의 힘찬 날갯짓을 보고 싶어서였다. 그런데 아무리 둘러봐도 새는 보이지 않고 새소리만 여전히 들려왔다. 그것은 과수원에 몰려드는 새를 쫓기 위해 매의 소리를 녹음하여 틀어 놓은 것이었다. 어두워지면 저절로 그쳤다가 날이 새면 들리는 참 잘 고안해낸 전기장치였다.

새들은 지금 매의 소리가 무서워 과수원에는 얼씬도 못한다. 허수아비가 없다고 맘 놓고 논으로 날아 왔다가는 총소리에 혼비백산 달아난다. 그러나 언젠가는 빈 깡통소리가 들통이 나듯, 매 소리도 거짓이라는 것을 알게 될 때가 올 것이다. 그 다음에는 어떤 방법으로 맞설 것인지. 나날이 그악스러워지는 새떼들과 농부들의 싸움도 두고 볼 일이다. 빈 깡통소리에 놀라 달아나던 순진한 새들을 다 어디로 갔을까. 들판에는 허수아비만 허수아비처럼 서있다.

1997. 가을

흑백사진

화장대 앞에 붙어 있는 부모님과 찍은 흑백사진에 요즈음 눈길이 자주 머문다. 카메라가 흔하지 않았던 시절, 무슨 좋은 일이 있었는지 울타리 앞마당에서 포즈를 잡은 모습은 아주 행복해 보인다. 너덧 살이나 됐을까. 단발머리에 깡통치마를 입고 아버지 무릎 위에 가지런히 손을 얹었다. 속바지가 삐죽 나와 있는 한 쪽 발을 살짝 들고 카메라를 향해 웃고 있는 모습은 내가 봐도 웃음이 난다. 그 옆에 동생을 안고 있는 젊고 앳된 엄마의 얼굴이 화사하다. 우리 어머니, 아버지도 이렇게 젊을 때가 있었다. 빛바랜 흑백사진을 들여다보며 콧등이 시큰하다. 젊고 건강하던 청년인 아버지 얼굴 위에 깡마르고 노쇠한 지금의 얼굴이 겹쳐지기 때문이다.

아버지는 평범한 시골 농사꾼이었다. 한때 철도 공무원으로 직장에 나간 적도 있었으나 도회지 생활에 적응하지 못해 이내 그만 두었다. 남들은 아버지가 좋은 직장에 다녀서 혹은 사업에 성공하여 가문의 자랑으로 여기지만, 이른 새벽부터 밤늦게까지 땀 흘려 농사를 지어 우리를 기르신 것을 나는 늘 자랑스럽게 생각했다. 할머니 말씀에 아버지는 공부를 잘 했다고 한다. 그런데도 우리에게 공부하라고 다그친 일이 없다. 그저 잘 먹고 건강하면 된다고 하였다. 열심히 일을 해야 한다는 말 대신 당신이 몸소 보여 주었고, 단 한 가지 '노름'만은 해선 안 된다고 특별히 강조하였다. 어린 나이에도 그 말씀이 무엇을 의미하는지 알 수 있었기에 우리 형제들은 장난으로도 그런 놀이는 하지 않았다.

아버지는 술을 좋아하신다. 즐기는 정도가 아니라 지나치게 드실 때가 있어 어머니와 다투는 일이 잦았다. 그럴 때마다 아버지가 싫었고 술 마시는 사람과는 결혼하지 않으리라 다짐했다. 누구나 그 상황에 처하지 않고는 그 사람을 이해하기 어렵다. 전에는 미처 알지 못하던 것을 나이가 들어 그때의 아버지 마음을 헤아린다. 그 시대에는 모든 것이 풍족하지 않았다. 물려받은 재산도 없이 여러 식구 생활을 꾸리자니 어려움이 얼마나 많았을까. 내성적이라 남에게는 아쉬운 소리나 싫은 내색도 못하고 답답한 마음에 술이 취하신 날은 제일 만만한 어머니에게 화풀이를 했는지도 모른다.

다정하지도 않지만 엄하지도 않은 아버지, 나는 그런 아버지가 늘 어렵고 거리감을 느꼈다. 집안의 꽃이라는 외동딸이 어리광도 부리지 못하고 데면데면했지만, 아버지도 머리 한 번 쓰다듬어 준 기억이 없다. 그러나 단체로 벌을 받을 때는 "딸내미는 그냥 있어" 하며 언제나 나를 빼 주었다. 그것이 아버지의 유일한 애정표시였다. 아버지는 자식들이 말을 안 들을 때 아들 다섯을 군대식으로 '엎드려뻗쳐'를 시켜 놓고 자신의 잘못을 반성하라 하였다. 손에는 언제나 매가 들려 있었지만 목소리만 높일 뿐 매를 대는 일은 없었다. 행여 자식들이 빗나가기라도 할까봐 염려하는 마음에서 미리 제재를 가하는 것뿐이다. 그렇게 벌을 서는 올망졸

망한 자식들을 바라보며 아버지는 속으로 무슨 생각을 하셨을까. 형제들이 서로 도우며 화목하게 살기를 바랐을 것이고, 당신이 이루지 못한 것을 이루어 집안을 번성하게 할 것이라 믿으며 내심 뿌듯하셨으리라.

아버지의 사랑이 깃든 자식들은 자라서 제각기 삶을 꾸려가고 있다. 아버지는 그것만으로도 대견하여 효자라고 자랑을 하지만 당치도 않은 말씀이다. 지금 자식들은 제 살길을 찾아 다 떠나 버렸다. 빈 둥지를 지키고 계신 부모의 마음을 헤아리기는커녕 제 살기에 바빠 가뭄에 콩 나듯 다녀가며 오히려 걱정만 안겨 드린다.

쇠잔한 아버지는 이제 경로당에도 못 가신다. 이제야 우리 여섯 남매는 휴일마다 만사를 제쳐놓고 집으로 달려가 큰소리로 아버지를 부른다. 누워계시던 아버지는 자식들이 부르는 소리에 생기가 돈다. 언제나 무덤덤하고 질그릇처럼 투박한 아버지, 아버지가 우리를 사랑하지 않는 줄 알았다. 철없는 자식들은 아버지 속을 모르고 살았다. 마른 낙엽처럼 기력을 잃고 누워계신 아버지 생각에 이렇게 가슴이 메어오는 것은, 그 크고 깊은 사랑을 이제야 알았기 때문이다.

우리들은 오늘, 단체로 벌을 받던 그날처럼 아버지 앞에 머리를 조아리고 반성을 한다. 하나밖에 없는 딸이어서인지 못난 자식이라 마음에 걸려서인지 아버지의 힘없는 눈빛은 자꾸 나를 더듬어 찾으신다. 자식 노릇 한 번 제대로 못하고 걱정만 끼쳐드린 나는 '아버지 잘못했어요' 용서를 빌면서 여윈 손을 꼭 잡아본다.

2000. 여름

기름 단다 불꺼라

볼일이 있어 시내에 나가는 길이다. 바쁜 일이 있을 때는 택시를 타지만 오늘 같이 여유로운 날은 느긋하게 버스정류장까지 걸어간다. 동네 사람들과 눈인사를 하며 곡식이 익어가는 들판을 걸어가는 기분을 차를 타고 달려가는 사람들은 아마 모를 것이다. 차들이 참 많기도 하다. 대부분 한 사람만 탄 승용차가 꼬리를 물고 달려간다. 오늘따라 기다리는 버스가 오질 않는다. 뙤약볕에 서서 30여분 차를 기다리다 조금 전 기분과는 달리 자꾸 시계를 들여다본다.

지난해 운전을 배우려고 시도했었다. 시골 사는 올케도 트럭을 몰고 다니고, 머리 허연 이웃 노인도 운전면허를 땄다. 운전 못하는 나만 못난이 같아 큰 맘 먹고 시작을 하였는데, 운동신경이 둔해 브레이크를 밟아야 할 것을 액셀러레이터를 밟아 길가에 세워둔 군용차를 들이받았다. 얼마나 놀랐는지 작심삼일로 끝내고 말았다. 현대는 마이카 시대다. 집 없이는 살아도 차 없이는 못 산다는 듯이 젊은 사람들은 차부터 구입을 한다. 마음만 먹으면 언제 어디든 떠날 수 있는 자가용은 이제 사치품이 아니라 필수품이 되었다.

내가 아는 나이 지긋한 분은 답답할 때 음악을 들으며 드라이브하는 것이 즐거움이라 한다. 아무에게도 방해받지 않은 자기만의 공간이 그렇게 편하다며 나이가 들기 전에 운전을 배우라고 권한다. 그러나 나는 아직 그럴 생각이 없다. 지난번 사고로 겁을 먹었지만 운전을 한다 해도 곡예하듯 자동차 사이를 뚫고 다닐 자신이 없다.

대중교통은 어떤 교통수단보다 편하고 안전하며 경제적이다. 느긋하게 앉아 창밖의 풍경을 바라보며 목적지에 도착할 때 까지 여유롭다. 도로 위에 끝없이 이어지는 차량 행렬을 보고 있노라면 '기름 단다 불꺼라' 하시던 할머니 말씀이 떠오른다. 호롱불 하나로 온 집안을 밝히던 시절, 석유 한 병은 참기름보다 귀한 것이었다. 식구들은 저녁을 먹고 일찌감치 잠자리에 들고 나는 불심지를 줄이고 책을 읽었다. 책 읽는 재미에 흠뻑 빠져 있을 무렵 '기름 단다 불 꺼라'하시는 할머니 목소리가 어김없이 들려오곤 하였다. 기름 닳는다고 불 끄라는 할머니의 말씀이 너무나 야속해 이불을 뒤집어쓰고 훌쩍인 적이 한 두 번이 아니다.

지금 우리나라는 산유국 못지않게 기름을 소비하고 한다. 도시 어디를 가나 차량으로 도로가 막히고 가로등은 날이 훤해도 켜진 채로 있는 곳이 많다. 기름 한 방울 나지 않는 나라에서 기름을 물처럼 쓴다. 머지 않아 세계는 에너지 위기가 닥쳐올 것이라 경고한다. 잘사는 나라일수록 작은 차를 타고 꼭 필요할 때만 차를 움직인다는데, 우리나라는 운행 차량은 줄지는 않고 갈수록 큰 차량등록이 늘어간다. 이대로 기름을 낭비하다가는 아마 그 옛날 호롱불 켜고 아궁이에 불을 지피던 시절로 돌아가야 할지도 모르는 일이다.

이래저래 대중교통을 이용하는 나는 마음이 편하다. 많은 사람들이 차를 몰고 달려가고 뒤처진 사람처럼 운전을 못하는 나는 기름 닳는다고 불 끄라 성화를 하신 할머니 말씀을 되새기며 오늘도 느긋하게 버스를 기다린다.

2000. 가을

달빛 아래서

팔베개를 하고 누워 하늘을 본다. 엷은 구름 사이로 보름달이 흐르고 숲에서는 풀벌레가 울어댄다. 달은 언제 봐도 그리운 이의 얼굴인 양 반갑다. 옥 갈고리 같은 초사흘 달이거나 송편처럼 살이 쪄가는 반달이건 간에 세상을 두루 밝히는 달은 언제 봐도 사랑하는 사람마냥 좋기만 하다. 몸과 마음이 지쳤을 때 올려다 본 하늘에 달이 걸려 있으면 하루의 피곤을 잊고 마음이 밝아진다.

달은 모래나 암석으로 이루어졌다고 한다. 증명이라도 하듯 첨단과학이 발달된 선진국에서는 달에다 국기를 꽂아놓고 월석을 가져왔다 소란을 떨지만, 우리의 가슴속엔 아직도 계수나무 아래 옥토끼가 떡방아를 찧는 달로 뜨고 진다. 우리의 조상들은 양친부모를 모시고 다복하게 살기를 원해 이런 토끼 설화를 전하는지도 모른다. 그 이야기를 그대로 믿고 달 속에서 옥토끼를 찾던 때가 있었다. 달 밝은 밤, 멍석을 깔아놓고 어른들의 이야기를 들었다. 마당 한 귀퉁이에는 젖은 쑥으로 놓은 모깃불이 타들어가고, 메케한 연기 속에 숨을 죽이고 듣던 귀신 도깨비 얘기는 지금도 잊히지 않는다.

　고향집은 산 밑이어서 산이 곧 울타리였다. 뒷문을 열면 바로 장독대고 손을 뻗으면 잡힐 듯 나무 가지가 늘어져 있다. 가을이면 장독대에 밤이나 상수리가 떨어지는 소리, 낙엽 지는 소리까지 들린다. 달 밝은 밤이면 나뭇가지가 성근 문살에 희미하게 비쳐 시정을 불러 일으키기도 하고, 밤이 깊어감에 따라 날짐승 소리가 들려와 달밤은 더욱 고요하기만 하였다.

　오늘은 음력으로 7월 15일, 작은 어머니 기일이다. 친정 제사까지 챙겨야 할 처지는 아니지만 마침 휴일이어서 지난날의 그 달빛을 보리라 마음먹었다. 작은 어머니가 돌아가시던 날도 오늘처럼 달이 밝았다. 한창 사실 나이에 고만고만한 자식들을 두고 세상을 떠나셨다. 그때 우리는 너무도 기가 막히는 일이어서 달만 쳐다보았다. 소복한 어린 동생들의 애통해하는 모습이며 쓰러져가는 초가지붕에 피어있는 하얀 박꽃이 달빛에 더 서러웠다. 떠난 이에 대한 슬픔보다 사촌동생들이 살아갈 길이 막막하기만 하였다.

　동생들은 고맙게도 바르게 자라주었고, 지금은 모두들 짝을 찾아 또 하나의 인생을 시작하고 있다. 작은 어머니의 넋인 양 서럽게만 느껴지던 달빛이 오늘밤은 편안히 내려다보는 눈빛 같다. 오랜만에 만난 형제들이 조금 전까지 시끌벅적 하더니 모두들 잠이 들었는지 조용하다. 부모는 저 세상에 가서도 자식을 한자리에 모이게 하는 구심점이 되고 멀어지려는 동기간의 정을 묶어주는 울타리가 된다.

　밤이 깊어감에 따라 모깃불도 사위어가고 냉기가 느껴진다. 명석자락을 끌어당겨 한기를 막아본다. 참으로 오랜만에 느껴보는 전원의 풍정이다. 휘영청 밝은 달이며 쏟아져 내릴 것 같은 무수한 별들, 눈을 감고도 찾아갈 수 있는 우물가 배추밭에는 지금도 반딧불이 반짝인다. 이 모든 정경들을 그대로 가슴에 안아 가고 싶다. 이런 밤에 잠을 청하는 것은 아무래도 아까운 일이다. 밤은 깊어가고 나는 달빛을 안고 밤이슬에 젖는다.

1992년 여름

엄마의 장독대

빨간 플라스틱 용기에 담겨있는 '태양초로 만들었다'는 고추장은 장독대에서 금방 퍼온 것처럼 윤기도 흐르고 맛깔스레 보인다. 신접살림 때부터 엄마의 장독대가 내 장독대 인 양 맘 놓고 퍼다 먹었으나 엄마가 살림에서 손을 놓은 후로는 가게로 달려간다. 진열대에는 종류대로 크기대로 포장된 장이 즐비하다. 편하게 사다 먹는 고추장은 매콤하면서도 다디달다. 가끔씩 희나리에 물들인 고춧가루로 만든다는 방송이 나올 때마다 '맘 놓고 먹어도 될까' 의구심이 들면서도 비좁은 아파트 생활이라 고추장 담글 생각을 하지 못했다.

고추장을 담아야겠다. 봄이면 나물 캐기를 좋아하는 나는 몸에 좋다는 민들레, 질경이를 캐 말리고 효소를 만든다. 매실청도 해마다 한 독씩 담아 묵혀두고 먹는데, 올 가을은 이것들을 버무려 약고추장을 담아볼 참이다. 민들레, 도라지, 질경이로 고추장을 담았다는 말은, 들은 적도 본 적도 없다. 솜씨도 좋지 못한데 맛이 없으면 어쩌나 염려가 되지만, 건강을 위해 봄부터 준비한 재료로 만든 먹을거리가 시중에서 파는 고추장에 비하겠는가 싶어 자신감이 생긴다.

묽게 쑨 찹쌀 죽에 고춧가루와 청국장가루를 넣고 조선간장으로 삼삼하게 간을 했다. 제일 먼저 큰 항아리에는 3년 묵은 매실 청을 넣고 매실고추장 한 단지를 담고, 민들레효소와 분말을 넣고 민들레고추장을 버무렸다. 쌉싸름하고 향이 진하다. 입맛 없을 때 상추에 민들레고추장 얹어 한 쌈 먹으면 맛있을 것 같아 생각만 해도 침이 꼴깍 넘어간다. 깊은 산속 맑은 기운으로 자란 도라지효소와 가루를 넣어 도라지고추장도 담았다. 뭇사람의 발에 짓밟혀도 죽지 않고 살아나는 흔하디흔한 풀 질경이, 그 질긴 생명력은 사람에게 약이 된다기에 곱게 가루를 내어 질경이고추장도 담아 보았다. 아마 엄마가 보셨다면 "고추장에 별걸 다 넣는구나"하고 혀를 찼을지도 모른다.

발효되고 숙성된 것은 탈이 없다. 모든 것을 곰삭혀 맛을 내는 크고 작은 단지를 바라보며 한해의 살림준비를 다한 듯 뿌듯하다. 베란다에는 김치냉장고와 해마다 매실 청을 담그는 커다란 독과 각종 저장음식이 담긴 단지들이 촘촘히 놓여있다. 햇살 좋은날, 항아리 뚜껑을 열어놓고 다독이며 소소한 행복에 젖는 베란다는 내게 엄마의 장독대나 다름없다. 장독대는 알뜰한 살림의 상징이며 그 집안의 먹을거리를 책임지는 안주인의 보물창고이기 때문이다.

엄마의 장독대는 어릴 적 나의 놀이터이기도 했다. 부엌문을 열면 바로 앞에 팔각형 돌절구가 놓여있고, 반듯한 돌로 단을 쌓은 장독대에는 내 키보다 더 큰 독과 중항아리가 여남은이나 되었다. 쌀 두어 가마니는 실히 들어 갈 배가 불룩한 독에는 몇 년씩 묵은 간장이 담겨있고, 중간 항아리에는 고추장과 된장이 그득그득했다. 철따라 앵두며 복숭아 포도가 지천이던 시골집 뒤란, 가을이면 찐 고구마 새끼가 함지박에 널려있고 울타리 고욤나무에서 농익은 고욤이 뚝뚝 떨어지던 장독대에서 엄마는 옥양목 앞치마를 두르고 장독을 윤이 나게 닦았다. 그 곁에서 나는 돌틈에 뿌리 내린 괭이풀이나 돌나물을 따서 소꿉놀이를 하다가 시들하면 발뒤꿈치를 들고 새까만 쪽박이 떠 있는 간장독에 얼굴을 비춰보았다. 먹물 같이 진한 간장을 손가락으로 찍어 먹으며 '이렇게 짠 것을 어른들은 왜 좋아할까' 진저리를 치면서도 그 맛이 싫지가 않아 심심하면 간장을 찍어먹곤 하였다.

별다른 찬거리가 없었던 시골에선 해마다 메주를 쑤고 고추장을 담았다. 장만 넉넉하면 일 년 내내 반찬 걱정을 하지 않아도 되었던 시절, 엄마는 요술쟁이였다. 부엌 궁둥이에서 뜯은 푸성귀를 데쳐 고추장으로 조물조물 무치고 된장찌개를 끓여 두레상에 올리면 더 바랄 것이 없었다. 계절 따라 반찬거리는 바뀌었으나 밑반찬으로 항상 올라오는 묵은 장아찌는 짭짜름하면서도 깊은 맛이 있었다. 시장엘 가지 않고도 밥상이 푸짐했던 것은 기본 반찬인 장이 있었기 때문이다. 아이들이 자랄수록 푹푹 줄어드는 항아리를 들여다보며 "꼭 누가 퍼간 것 같네"하던 엄마는 하루가 다르게 커가는 자식들 엉덩이를 어루만지듯 단지를 다독거렸다.

우리 민족은 오래 전부터 김치를 담고 장을 발효시켜 먹었다. 장독대는 조상의 지혜와 슬기가 담긴 과학적인 공간으로 신성한 기도처이기도 했다. 그 옛날 할머니가 새벽마다 정화수井華水를 떠 놓고 치성을 드리던 곳도 장독대였고, 가을에 고사떡을 시루째 올리고 집안에 궂은 일 없이 도와달라고 빌던 곳도 장독대였다. 소중히 대물림한 장독대는 점차 현대식 주택으로 바뀌면서 그 자리를 잃어가고, 엄마의 장독대도 허물어졌다.

엄마의 장독대에서 항아리 몇 개를 집어왔다. 바라보기만 해도 넉넉한 저 단지들은 단순히 장을 담는 옹기가 아니라, 집안을 지켜주고 보살펴주는 철륭신이 깃들어 있을 것만 같다. 올해도 큰 항아리에 매실과 오가피 열매를 발효시키고, 작은 단지에는 고추장과 각종 장아찌를 담았다. 엄마가 그랬던 것처럼 항아리를 반지르르 닦아 뚜껑을 열어 놓고 맛을 본다. 오묘한 맛을 내기가 그리 쉬운 일인가. 그저 햇살과 바람의 품에서 곰삭아 맛을 내기를 기다릴 뿐이다. 장도, 사람도, 숙성되지 않으면 맛이 나질 않는다. 설익은 것이 발효되어 맛을 내는 장독대에서 나는 오늘도 항아리를 다독이며 한나절을 보낸다.

2013. 가을

비둘기 집

부엌 창가에는 비둘기 한 쌍이 살고 있다. 소방
공사를 할 때 창밖으로 나간 철판 위에 자리를 잡고 사는 은회색 비둘기
는 의좋은 부부처럼 언제나 다정하다. 구구대는 소리에 가끔 살펴보면
부리를 맞대고 입맞춤을 하기도 하고, 어느 때는 몸을 비비면서 사랑을
나누는 모양이 사람보다 더 아름답게 보인다.

하루는 놈들의 둥지가 궁금하여 창틈으로 살짝 엿보았다. 구슬 같은
작은 알이 서너 개가 있는데 금방이라도 꼼지락거리며 새끼가 나올 것
만 같다. 차디찬 철판 위에서도 여린 생명이 자라고 있는 것이 신비롭고
애잔하다. 그러던 어느 날, 이들의 평화스런 둥지에 날벼락이 떨어졌다.
4층에 사는 집주인이 새벽에 구구대는 소리가 시끄럽고 오물 때문에 집
주위가 더럽다며 철판을 뜯어 버렸다. 부엌 창틈으로 깃털이 날려 들어
와 꺼림칙하게 생각할 때도 있었지만 그런 생각은 다 달아나고 하루아
침에 집을 잃은 놈들이 안쓰럽기만 하다.

비둘기는 맞은편 창가에 앉아 헐어버린 둥지를 바라보며 안절부절

어쩔 줄 모른다. 그 애타는 모습이 눈물겹다. 보금자리가 헐린 것도 청천
벽력이지만 그 안에는 며칠 후면 알을 깨고 나올 새끼가 들어 있지 않았
었는가. 우리가 하찮게 생각하는 그 놈들의 의가 그렇게 좋은 걸 보면 새
끼를 사랑하는 마음도 사람과 다르지 않으리라. 며칠이 지나도록 비둘
기는 자리를 떠나지 않는다. 마음이 아프다. 남의 일 같지 않아서이다.

비둘기를 보며 미군기지 확장으로 쫓겨날 위기에 처한 평택의 대추
리 주민들이 떠올랐다. 52년 전에도 활주로가 들어선다고 미군 불도저
가 집을 밀어버려, 쫓겨난 주민들은 바닷물을 막아 개간하고 농사를 지
어 자식들 공부시키며 근근이 살았다. 또 다시 살던 집에서 나가라는 통
보를 받은 대추리 주민들의 절규가 속수무책인 비둘기처럼 딱하기만 하
다.

저들은 이제 어디로 가야 하는가. 혹여 꽃피고 새 우는 기름진 땅이
기다린다 해도 자식 낳아 기르면서 애면글면 살아온 정든 터전만 하겠
는가. 인정머리 없는 빌딩숲에 해 저물고 가을비는 철철 내리는데 비둘
기 부부는 그 자리를 떠날 줄 모른다. 행복은 깨어지고 길바닥에 나 앉게
되었으니 사니 못사니 다투기도 하련만, 그들은 서로를 위로하듯 몸을
기대고서 비를 맞고 있다. 밤새 그렇게 비를 맞는다.

2006. 가을

고향의 가을

하루의 일을 마치고 집으로 돌아오니 마루에 커다란 보따리가 놓여있다. 헌 천을 모아 만든 조각보속에는 풋사과와 햇곡식이 올망졸망 들어있다. 엄마가 다녀가셨다. 학원 일을 도우러 나간 후로는 바쁜 일손을 돕지도 못했는데 여름내 땀 흘려 가꾼 것들을 골고루 싸가지고 오셨다. 햇것을 보며 '벌써 가을이구나' 기뻐하다가 자식을 생각하는 엄마의 마음에 뭉클해진다.

나는 사과를 좋아한다. 잘 익은 것보다 풋사과를 좋아하는데 그것은 어렸을 때 먹던 맛을 어렴풋이 느낄 수 있기 때문이다. 초등학교 다닐 때는 지금처럼 사과가 흔치 않았다. 부모님이 추석 장을 보러 읍내로 오시는 날은 마음이 달떠 공부도 건성이다. 학교를 파하고 단골집으로 달려가면 엄마와 아버지는 차례 상에 올릴 제수용품을 고르고 계신다. 엄마는 덤으로 얻은 못나고 덜 익은 사과를 옷에다 쓱쓱 문질러 주시곤 하였는데, 그 맛이 얼마나 좋았던지 가을이면 그때 먹던 풋사과가 생각난다. 그때는 농약이라는 단어도 없었고 사과보다 맛있는 것도 내겐 없었다.

그걸 아는 엄마는 자식이 좋아하는 것을 갖다 놓고 일에 방해가 될까봐 전화도 없이 돌아가셨다.

고향의 가을은 아름답다. 초가지붕에는 조랑박이 매달리고 노을이 고운 언덕엔 고추잠자리가 날곤 하였다. 며칠 동안 밀린 일을 끝내고 오랜만에 친정을 가려고 집을 나섰다. 활짝 웃는 코스모스는 손을 흔들고 높고 푸른 하늘엔 구름 한 점 없다. 쌓인 피로가 씻은 듯 걷히고 맑고 서늘한 기운이 가슴속까지 스며든다. 가을의 오후는 햇살이 따갑다. 울퉁불퉁한 길을 걸어 마을 어귀에 들어서면 산기슭에 둘러싸인 작은 마을이 그림처럼 고요하다. 예전엔 이십여 채 되던 집들이 교통도 불편하고 장래성이 없다고 한 집 두 집 떠나가고 지금은 몇 채 남지 않았다. 이렇게 좋은 곳에서 살면서도 공해 없는 신선함과 고마움도 모르고 도시로 가는 사람이 있는가 하면, 농촌 젊은이와 결혼해 불평 없이 시골생활을 해내는 사람도 있다. 엄마도 조카들 교육을 위해 동생내외를 도시로 나가라고 말씀하지만 그것이 진정이 아님을 나는 안다.

과수원의 사과가 단풍 든 것처럼 빨갛다. 엄마는 오늘도 밭에 계신다. 사과밭은 예전에 보리밭이었다. 지금은 남의 얘기 같기만 한 보릿고개를 넘기려면 엄마는 애가 탄다. 더디 익는 보리밭을 바라보다가 해가 져서 어둑해지면 낫을 들고 밭으로 간다. 밤새 훑고 가마솥에 쪄서 양식을 만들던 그때는 그 일을 왜 밤중에 하는지 몰랐었다. 익지도 않은 보리를 제일 먼저 베기가 부끄러워 밤에만 그 일을 하셨던 것이다. 엄마는 해마다 그 일을 되풀이하면서 묵묵히 가난을 견디셨다.

밭으로 들어가려니 고개를 숙여도 사과가 머리를 때린다. 올 여름은 유난히 가물고 무더웠는데 이렇게 풍성히 가졌으니 땀은 얼마나 많이 흘리셨을까. 나무마다 버팀목을 해 주었는데도 가지가 찢어질 듯 늘어졌다. 힘겹게 열매를 달고 서 있는 가지에서 지난날의 엄마의 모습을 떠올린다. 과일 나무는 폭양을 빨아들여 자라고 비바람을 견디며 열매를 키워간다. 그러다가 열매가 탐스럽게 익어 갈 무렵이면 스스로 붉어져 떨어지는 나뭇잎은 엄마의 삶처럼 엄숙하다.

우거진 풀숲에서 쓰르라미가 울어댄다. 매미인 줄 알았더니 가을에 우는 것은 쓰르라미란다. 가을이라 쓸어들이라고 운다는 엄마의 말씀이 가을의 의미를 다시 생각하게 한다. 올해는 농사가 잘 됐다며 즐거워 하시는 우리 엄마, 썩은 사과를 골라내는 손이 너무 거칠다. 환갑이 넘은 나이에도 젊은이보다 많은 일을 하지만 가을이면 자식들에게 나누어주는 즐거움에 지난여름의 수고도 잊는다. 가을은 농부에게 주어진 계절이다. 풍성한 열매에 만족을 느끼시는 엄마, 붉게 타는 저녁노을에 엄마의 모습은 사과보다 붉다.

1989. 가을

가을밤 풍경

1

스산한 바람 불어 낙엽 흩날리는 시월의 끄트머리, 오늘밤은 갑자기 기온이 내려가 겨울 속에 있는 듯 을씨년스럽다. 갑자기 추워진 거리엔 오가는 사람 드물고 북적이던 골목 상가도 일찌감치 문을 닫았다. 불청객처럼 불쑥 찾아온 찬바람이 싫어 옷깃을 여미고 발걸음을 재촉하는데 맞은편에서 술 취한 남자가 고래고래 소리를 지르며 네 활개를 치며 온다. 잘못 마주치면 시비가 생길까 지레 겁이나 도망치듯 뛰어 집으로 올라왔다. 그래도 걱정이 되어 창가에서 내려다보니 조금 전까지 소리를 지르고 헤매던 남자는 길가에 큰 대자로 누워 있다.

추운 날 그냥 두었다가는 얼어 죽을 것만 같아 파출소에 연락을 했다. 경찰이 달려와 남자를 깨워 이것저것 묻더니만 어딘가 전화를 한다. 순간 그 남자는 자리에서 벌떡 일어나 윗옷을 벗어 던지고 다짜고짜 경찰에게 덤벼든다. 자기를 도와주려고 온 사람에게 달려들어 멱살을 잡고 흔드는 것을 보니 웃음이 나온다. 한참이나 실랑이를 하는 동안 정신이 들었는지 미안하다는 듯 고개를 숙이고 경찰차에 오르는 남자, 왜 저러는 것일까. 아마도 견디기 힘든 일이 있었나보다. 혹여 차가운 현실에서 밀려난 한 가정의 가장은 아닐까. 겨울은 다가오는데 가족위해 겨우살이 준비를 못해 불안하고 터질 것 같은 울분을, 오늘 술을 진탕 마신김에 그 힘을 빌려 아무에게나 화풀이를 하고 싶었는지도 모른다. 한밤중에 벌어진 광경에서 사람살기가 어려운 세상임을 본다.

2

추적추적 비 내리는 저녁 두 남자가 말없이 소주잔을 기울인다. 시골에서 농기계 수리를 하며 두 아이의 어미노릇에서 주부의 역할까지 하는 사십대 초반인 남자와 시내에서 회사를 다니며 어미 없는 남매를 키운 오십대 후반의 수더분한 사람이다. 동병상련이라 했던가, 처지가 비슷한 두 사람은 사회적 지위나 나이 상관없이 가끔씩 만나 답답한 마음을 털어놓는다.

가을비 내리는 밤, 두 남자는 소주라도 한 잔 마시지 않고는 견딜 수가 없었나보다. 아침이면 학교 가는 아이들에게 '무얼 먹일까 무얼 입힐까' 하면서 한바탕 전쟁을 치른다는 사십대 남자는 "언제까지 이렇게 살아야 하는지 모르겠다."며 가득 채운 소주잔을 단숨에 털어 넣는다. 마주 앉은 이는 지난날 자신의 모습을 보는 듯 안쓰러운 표정이다. 머지않아 좋은날이 올 거라며 위로하는 얼굴엔 인생의 선배답게 여유로운 미소가 흐른다. 아무리 봐도 괜찮은 사람들, 두 남자의 가슴을 덥혀 줄 여인은 어디 있는 것일까. 소주잔은 다시 채워지고 빗방울은 굵어지기 시작한다.

3

햇볕 온종일 비추는 게딱지만 한 그 집은, 노인에게 가장 편한 공간이며 보금자리이다. 서너 달 전만 해도 혼자된 아들과 손주들 뒷바라지를 하느라 논과 밭으로 다니느라 허리 펼 날이 없었다. 혼자된 아들이 어느 날 여자를 데려왔다. 노인은 아들의 짝이 될 여자가 눈이 부리부리하고 시원스럽게 생겼다며 경사인 듯 좋아했다. 그러나 석 달도 안 돼 안방을 내주고 육십 평생 지켜온 터를 떠나야 했다. 노인은 다섯 아들과 딸 하나가 있다. 자식들은 서로 모시려고 하지만 다시는 상처받지 않겠다며 혼자 살기를 고집한다. 가슴이 돌로 얻어맞은 것같이 아프다던 키가 작달막한 노인, 글이라도 쓸 수 있다면 살아온 이야기를 책으로 엮고 싶다던 그 노인네는 만단수심萬端愁心 흐린 눈으로 하늘을 쳐다보고 옛집이 있는 능선을 망연히 바라본다.

모든 것을 체념하면 마음이 편한 법이다. 쓰러져가는 오막살이 대문 옆 손바닥만 한 채마밭에 배추 몇 포기 심어놓고 자식들 찾아올 날만을 기다리는 노인네는 오늘도 꼬리치며 달려드는 누렁이를 쓰다듬으며 혼잣말로 중얼거린다. '저희들만 잘살면 되지' 하얗게 센머리 갈퀴같이 굽은 손, 해질녘 가을 하늘 아래 그 풍경은 2·30년 뒤 우리들 모습은 아닐는지. 가을이 깊어지면 밤도 따라 깊어진다. 노인에게 깊어가는 가을밤은 고독만이 안길 것이다. 많은 사람들이 상처를 치유하는 가을밤, 가슴을 앓는 이들을 위하여 달이라도 휘영청 밝았으면 좋겠다.

2002. 가을

학교 가는 길

친구 몇이서 그 길을 가기로 한 날부터 마음이 설레기 시작했다. 진작부터 내 마음을 흔들어대던 그 곳은 이름이 알려진 명소도 아니고, 먼 거리에 있어서 여행하는 기분을 느낄 수 있는 곳도 아니다. 다만 내가 어릴 적에 초등학교 다니던 평범한 길일뿐이다. 면소재지인 주내에서 집까지는 시오릿길인데, 그 길을 걸어서 다녔다. 산으로 난 군용도로여서 트럭이 지나가면서 흙먼지를 뒤집어쓰기도 했지만, 운좋은 날은 오히려 트럭을 얻어 타고 달려가기도 하였다.

학교에 갈 때는 여럿이 모여서 함께 갔으나 돌아오는 길은 언제나 혼자였다. 내 또래의 여자 친구가 없었지만 혼자 다니기를 좋아했기 때문이다. 지금 혼자 있기를 좋아하는 것도 아마, 그때 길들여진 습성 때문인지도 모른다. 논둑에서 삘기 뽑고 싱앗대 꺾어 먹으며, 잔디에 누워 변해가는 구름도 바라보면서 돌아오는 길은 멀어도 먼 줄을 모르고 그 호젓함을 즐기곤 하였다.

학교에서 집으로 가자면 공동묘지를 지나 고개를 하나를 넘게 된다.

고개 이름은 개미고개인데 실제로 개미가 많아서인지, 지형적으로 개미처럼 생겨서인지 알 수 없다. 어쨌든 이 고개는 집으로 오는 길목의 중간쯤에 있어서 고개만 올라서면 다 온 것 같은 안도감을 갖게 하였다. 고개를 넘어 내려가면 열 집 정도의 작은 마을 중간말과 밭이골 사이에 맑은 시냇물이 가로질러 흐른다. 이곳까지는 군용도로이고 고불고불 산길로 이십여 분 걸어가면 우리 집이 있는 안능안이다.

생각해보면 고생스럽던 학교길이었다. 비가 오면 변변한 우산 하나 없어 쫄딱 맞았고, 눈보라 치는 날도 장갑도 없이 벌벌 떨면서 오가던 시오리 길이다. 그러나 삼십 년이 지난 지금 그 길이 왜 그렇게 가보고 싶었는지, 사십 고개를 넘어 나이가 들면서부터는 그 마음은 더했다. 몇 년 전인가. 그 길을 가 보려고 했었는데 초입에 군부대가 들어서서 민간인은 출입할 수가 없다며 길을 막았다. 우리들의 길이었는데, 마음을 털어놓고 사정을 해도 소용이 없어 훤히 보이는 길을 바라만 보다가 돌아올 수밖에 없었다.

친구가 부대에 가서 어떤 절차를 밟았는지 갈 수 있다는 전갈이 왔다. 너무도 반가워 즉시 친구들에게 전화를 해서 날을 잡았다. 친구들은 꽁보리밥 싸서 허리춤에 차고 개미고개를 넘어 보자며 좋아한다. 같이 가자던 친구들은 여럿이었으나 바쁜 일이 생겨서 얼굴만 보고 돌아들 가고, 네 명이서 길을 나섰다.

일행은 개미고개 아랫동네인 '중간말'에서 차를 내렸다. 마을을 가로질러 흐르던 시냇물은 아직도 맑고 깨끗한 그대로였다. 더운 여름날, 타박타박 걷다가 풍덩 개울물에 들어가 몸을 적시고 물이 뚝뚝 떨어진 채로 걷던 그 길을 삼십여 년 만에 온 것이다. 나는 아주 오랜만에 고향을 찾은 사람처럼 벅찬 가슴으로 산과 들을 살폈다. 십 년이면 강산도 변한다는데. 삼십 년이 지난 지금도 모든 것이 그대로이다. 돌멩이가 발부리에 채이던 흙길이며, 논과 밭 모두가 변한 것이 없었다. 다만, 보리밭이며 감자 꽃이 보이질 않고 쟁기질 하던 농부의 모습이 보이질 않을 뿐이다.

초등학교 친구들과 학교 가던 길을 걸으며 벅찬 마음을 누를 수가 없었다. 지금은 오가는 사람이 없어서인지 무서우리만큼 조용하다. 하기야 예전에도 장에 가는 사람 몇몇이 있었을 뿐, 호젓한 이 길은 언제나 우리들 차지였다. 지금 생각하면 얼마나 아름다운 추억인지, 감회에 젖은 눈으로 들녘을 바라보았다. 산과 들에는 작고 보드라운 생명들이 가득하다. 어디서 왔는지 호랑나비 한 마리가 내 앞에서 날고, 이름 모를 새들도 노래를 한다. 이 많은 아름다운 것들이 겨울 동안 어디에 숨어 있었단 말인가. 나는 마치 봄을 처음 맞는 사람처럼 설레는 마음으로 자연 속에 묻혔다.

봄보다 가을을 좋아하던 내가 언제부터인지 봄이 더 좋아졌다. 죽은 듯한 산과 들이 연녹색으로 물들 때면 나의 몸에도 물기가 도는 듯 생동감을 느껴진다. 올봄에는 나들이를 자주 하였다. 틈나는 대로 가까운 이들을 불러내어 산과 들로 다니면서 봄을 맞이했다. 우리 일행은 개미고개 아래에 있는 산소 앞에 자리를 잡았다. 그때는 그렇게도 높아 보이던 고개가, 그동안 높고 험한 고개를 넘어서인지 낮게만 보인다.

어느 사이에 준비해 왔는지 막걸리를 가져온 친구는 먼저 얼굴도 모르는 산소에 헌배를 한 다음, 이어 우리에게도 잔을 돌렸다. 또 다른 친구는 초등학교 때부터 나를 짝사랑했노라며 꽃잎을 따서 내 술잔에 띄워준다. 그런 농담도 스스럼없이 주고받을 만큼 긴 세월을 보냈던가. 우리들은 오랜만에 때묻지 않은 옛날로 돌아가 허식 없는 즐거운 시간을 보냈다. 오늘 함께 온 친구들은 이성친구지만 여자 친구보다 더 편안하고 가깝게 느껴진다. 외롭고 힘들 때는 물론이고, 좋은 일이 있을 때도 가장 먼저 달려온다. 이 나이가 되면 누구나 크고 작은 상처 하나쯤은 안고 살아간다. 그래도 친구를 만날 때만은 어린 시절로 돌아가 웃고 떠들며 즐거운 마음일 때 그 상처들은 덮어지게 된다.

같이 온 친구 중에는 평탄한 길을 가는 친구도 있고, 그렇지 못한 친구들도 있다. 마음이 편치 못하건만 내색 않고 진달래 꽃잎을 따서 연신 내 술잔에 띄워준다. 그리하여, 오늘 내 마음은 봄의 꽃밭처럼 아주 화사하다. 앞산에 쑥꾹새 소리, 연녹색의 보드라운 산과 들에 둘러싸여 친구들의 가는 인생길도 이처럼 푸근하고 따듯하기를 빌었다. 우리 일행은 꽃술에 취해 개미고개를 넘어 그 옛날 학교로 가던 길을 걷고 또 걸었다.

1998. 봄

행복한 휴일

해마다 8월 15일이면 파주초등학교 교정에서는 총 동문회를 겸한 운동회가 열린다. 개교 100주년의 역사와 전통이 있는 모교를 자랑스럽게 생각하며 이날만은 만사를 제쳐 놓고 달려간다. 학교 주변은 오늘 행사로 벌써부터 북적인다. 향내 나는 연필과 공책은 뒷전이고 찍어먹기, 번데기, 알록달록한 불량식품이 어린마음을 잡아끌던 교문 앞 문방구는 아직 그대로 있다. 코 흘리게 시절 드나들던 문방구가 그 자리에 있다는 것이 반가워 발길을 멈추고 들여다보았다. 학용품 종류와 품질은 그때와 비교할 수도 없었고, 그렇게도 부러워하던 문방구집 주인아저씨는 동창 녀석이었다. 뜻밖에도 그 자리를 지키고 있는 친구가 반가웠다. 기뻤다. 반색을 하는 주름진 얼굴에서 세월이 많이 흘렀음을 느낀다.

만국기가 펄럭이는 운동장에는 선후배가 어우러져 축구시합 중이다. 나무 그늘에서는 시끌벅적 응원을 하고 또 한쪽에선 오랜만에 만난 친구들과 정담을 나누며 술잔을 기울이는 모습이 정겹다. 땅바닥에서 흙

먼지를 뒤집어쓰고 공기놀이, 사방치기, 고무줄 놀이하던 어린 시절은 세상모르고 즐겁기만 했다. 넓기만 하던 운동장이 오늘따라 왜 그렇게 좁아 보이는 걸까. 남자 동창들도 이제는 후배와의 경기가 힘에 부치는지 땀을 뻘뻘 흘린다. 나이를 잊고 뛰어 다니는 반백의 머리 위에 팔월의 태양이 쏟아져 내린다.

교정을 한 바퀴 돌아서 동기들이 모여 있는 곳으로 갔다. 음식이 푸짐하게 차려져 있다. 이 많은 음식을 회장과 총무 그리고 두어 명의 친구가 준비했다고 한다. 뒤늦게 와서 손님처럼 대접을 받으려니 미안하기만 한데 불평은커녕 와줘서 고맙다며 손을 잡는다. 학교를 졸업하고 흩어져 제 갈 길 가느라 삼사십 년 소식 모르고 살았다. 중년이 된 지금에야 달려온 길 뒤돌아보며 이렇게 모여 회포를 푼다.

꼭 왔어야 할 친구가 보이질 않는다. 교실 한 구석에 외롭게 앉아있던 몸집이 작은 그는 지금 어떻게 살고 있을까. 고아원에서 자라 항상 정이 그리워 이런 날은 빠지지 않았는데 몇 년째 나오지 않고, 가정에 풍파가 일어 병까지 얻었다는 또 한 친구도 소식마저 끊겼다. 모두 건강하게 잘 살고 있었으면 좋겠다. 아무리 허물없는 사이라 해도 사는 일이 편치 못하면 친구들 앞에 나서기가 망설여진다. 나도 그런 때가 있었지만 손을 잡아주고 끌어준 친구가 있었기에 이렇게 끈끈한 정을 이어갈 수 있었다. 진정한 친구라면 힘들 때 따뜻하게 보듬어 주고 아픔도 나눌 수 있어야 한다.

교정에서의 일정을 끝내고 발이골 사는 호광이네로 갔다. 고향에 묻혀 사는 친구의 집은, 산으로 둘러싸인 전원주택이다. 정원 잔디는 얼마나 보드라운지 맨발이 더 좋았다. 한 발 앞서 온 친구들은 벌써 잔디 위에 상을 차려 놓고, 술도 안 마시는 영철이는 어느 사이 참게와 물고기를 잡아다 매운탕을 끓인다. 나이 들수록 어린 시절의 그리움이 간절해서 인가 어둠이 내려도 누구하나 일어설 줄을 모른다. 세월이 흘러 며느리 사위보고 주름살 늘어가도 하는 짓은 꼭 초등학교 애들 같다. 그래도 밉지 않은 건 그 옛날 순수함이 남아있기 때문이다.

오늘을 위해 옮겨다 놓은 노래방 기기와 생맥주 통이 없었더라도 저절로 흥이 났을 우리들, 술잔이 몇 순배 돌아가 취기가 오르자 분위기가 더 이상 좋을 수가 없었다. 손에 손을 잡고 하나가 되어 노래를 부르다가 둥글게 원을 그리며 춤을 추었다. 행복해서 눈가에 물기가 번진다. 세파에 밀려 윤기를 잃어버린 마음이 오늘 친구들이 베푼 넉넉함으로 무슨 일이든 너끈히 해낼 수 있는 용기와 힘을 얻었다. 부자가 된 느낌이다. 세상 어디에 간들 이렇게 푸근하고 편한 자리가 있으며, 누굴 만난들 이토록 정겹겠는가. 유년의 추억이 묻어있는 고향이 있고 얼싸안을 친구가 있는 나는 참 행복한 사람이다. 밤이 이슥하도록 행복한 시간은 이어졌다.

2003. 8

5

도둑과 서리

말 못하는 짐승도

달력을 2월로 넘기고 입춘이 지난 지도 한참이건만 때늦은 한파가 몰아쳐 수은주가 영하15도를 오르내린다. 60년 만이라는 2월 추위, 눈까지 내려 곳곳에 교통이 마비되고 동파사고가 잇달았다. 봄을 준비하던 마음이 얼어붙었다. 온통 살얼음판인 길 위를 걷다가 고단한 삶을 만난다. 잔뜩 웅숭그리고 골목을 돌아 나오다 언 배추를 뜯어먹는 흑갈색 얼룩고양이와 맞닥뜨렸다. 고양이는 움찔하며 경계하는 몸짓을 하다 이내 뒷걸음쳐 달아난다. 고기나 비릿한 생선을 좋아하는 고양이가 얼마나 배가 고팠으면 꽁꽁 언 배추 잎으로 주린 배를 채우고 있었을까. 그나마 나 때문에 먹지 못하고 달아난 고양이에게 미안하다. 아무도 돌보는 이 없는 아이처럼 혼자 살아가는 길고양이가 안쓰럽다.

어느 생명에게나 추위는 견디기 힘든 계절이다. 바람 찬 길 위에는 허연 머리카락을 날리며 폐지를 줍는 노인도 있고, 반찬거리 서너 가지 앞에 놓고 온기 없는 의자에 앉아 온종일 손님을 기다리는 할머니도 있고, 버려진 개와 고양이도 살고 있다. 살아있는 생명은 먹어야 한다. 삼 일

굶으면 도둑질 안 할 사람 없다는 말이 있듯이 이면경계 다 아는 사람일지라도 삼 일 굶으면 못할 짓이 없다. 말 못하는 짐승도 배고픔은 견디기 힘들다. 먹을 것을 찾아 후미진 골목을 헤매다 배를 채우지 못한 개와 고양이는 음식물 쓰레기봉투를 물어 뜯으며 생명을 유지한다. 배추 잎을 먹던 얼룩고양이가 자꾸 눈에 밟혀 음식찌꺼기를 버릴 수가 없다. 가끔씩 먹다 남은 음식과 생선부스러기를 봉투에 담아 그 자리에 놓아두고 오는데 다음날 가보면 밥알 하나 남기지 않았다. 고양이가 굶지 않았구나 싶어 마음이 편하다.

5, 6년 전부터 길고양이에게 먹이를 주는 친구가 있다. 작은 음식점을 하고 있는 친구는 가게 앞에서 새끼고양이가 얼어붙은 밥알을 먹는 걸 보고 불쌍해서 먹이를 주기 시작했다. 고양이는 자라서 어미가 되었고 먹이를 물어 날라 새끼를 길렀다. 새끼가 커서 데리고 다닐 만하면 데리고 와서 밥을 먹였다. 그들에게 고양이는 가족이나 마찬가지였다. 다리를 다쳐오면 밥에 마이신을 섞어 먹이고 고기를 잘게 썰어 주는가 하면, 여름에는 생선대가리를 끓여 냉동실에 얼려놓고 고양이 밥을 챙겼다. 사진을 찍어 동창카페에 올려놓고 귀여운 고양이 한 번 보러 보러오라고 성화를 댄다. 누가 시키는 일도 아니고 잘했다 칭찬하는 사람도 없는데 배고픈 짐승에게 밥을 주고 보살피는 친구가 보살처럼 느껴졌다.

고양이에게 애정을 갖는 사람이 있는가 하면 끔찍이 싫어하는 이웃도 있다. 사람 먹고 살 것도 없는데 동물이나 챙기는 미친 인간이라는 뒷말을 심심찮게 들으면서도 못 들은 척하였다. 하루는 고양이가 들락거리는 가스통 옆 통로를 틀어막더니만 밥을 줘서 고양이가 들끓게 한다고 고발을 하였다. 시청직원이 와서 밥 주지 말라고 경고를 하고 간 며칠 후, 약을 먹고 새끼들이 다 널브러졌다. 텃밭 언저리에 새끼들을 묻고 온 친구는 '살아있는 짐승에게 먹이를 준 것이 뭐 그리 큰 잘못이냐'며 눈물을 찍어낸다. 세상에 존재하는 생명은 다 소중하다. 고양이가 번식하여 음식물 쓰레기를 뒤지고 거리를 더럽혀 사회의 폐가 된다 해도, 살아있는 생명을 죽게 하는 것은 마음 닫고 서슬 퍼렇게 달려드는 인정머리 없는 사람이다.

개와 고양이는 옛날부터 사람들과 함께 살았다. 남은 음식찌꺼기를 먹고 도둑을 지켜주며 집안에 들끓는 쥐를 잡는 역할을 하던 개와 고양이는 자연스럽게 사람들 곁에 있었다. 지금은 단순히 집을 지키는 일에서 한 가족처럼 애정교류를 통하여 노인의 적적함을 달래주고 어린이 놀이 상대가 되어 주기도 한다. 사람들은 자기중심적이다. 필요에 의해 함께하던 동물들을 임신이나 출산 등 여러 가지 이유로 거리로 내쫓는다. 버려진 동물들은 배고픔을 참지 못해 음식물 쓰레기봉지를 물어뜯다가 누군가 놓은 약을 먹고 죽거나 붙잡혀간다. 잡힌 개와 고양이는 법정보호기간이 지나면 안락사를 시키는데 그 전에 새 주인을 만나는 일은 극히 드문 일이다.

아들이 유기견 보호소에서 요크셔테리어 한 마리를 데려왔다. 매일 이를 닦이고 목욕을 시켜줘야 하는 번거로운 일을 어떻게 하려는지 걱정스러웠는데 잘 기르고 있다. 머리에 핀을 꽂아주고 옷까지 입혀 안고 와서는 얼마나 이쁜짓을 하는지 모른다고 자랑을 늘어놓는다. 주인이 좋아하는 사람은 저도 반가워하고 그렇지 않은 사람은 용케 알고 짖는다며 재롱떠는 동영상을 보여준다. 혼자 놀다가도 '빵'하고 총 쏘는 시늉을 하면 번번이 쓰러진다. 그 이유는 쓰러질 때마다 먹을 것을 줬더니 이제는 손가락만 번쩍 들어도 먼저 쓰러진다는 것이다.

말 못하는 짐승도 정을 주면 믿고 따르며 사람을 행복하게 한다. 하물며 개와 고양이는 생각하는 뇌를 가진 영리한 동물이다. 한 번쯤 동물의 처지에서 세상을 바라보고 길 위에 생명에게 손을 내민다면 삶이 더 여유롭고 따뜻해지지 않을까. 다시 개를 기른다는 친구의 전화 목소리가 화창한 봄날처럼 밝게 들려온다.

2012. 겨울

도둑과 서리

가을 들판을 걷다 보면 밭으로 달려가 무도 뽑아 먹고 콩서리도 하고 싶은 충동이 인다. 시골에서 자란 우리 또래는 어릴 적 서리의 재미를 기억할 것이다. 어디 가을뿐인가. 긴긴 여름날 학교에서 돌아오는 길은 허기지고 지루하다. 흐르는 개울물에 풍덩 몸을 적시고 타박타박 걷다보면 눈길은 자꾸 밭으로만 향한다. 누가 먼저랄 것도 없이 주인이 없는 틈을 타서 재빠르게 뛰어가 오이며 참외를 따온다. 옷에다 쓱쓱 문질러 한 입 베어 무는 순간 얼마나 행복했던가.

길가에 있는 밭은 열매가 자라기도 전에 따먹어 남아나질 않았다. 밭 주인은 우리의 짓이라는 걸 뻔히 알면서도 한 번도 불러 세워 다그친 적이 없었다. 남자애들은 참외나 오이는 물론 씨감자까지 파내어 구어 먹었다. 그때는 누가 알까봐 쉬쉬했는데 어른이 되어서 그 일을 자신이 한 짓이라고 고백을 했다고 한다. 언젠가는 한밤중에 동생들이 참외서리를 해왔다. 어둠 속에 더듬거려 따온 참외는 전부 퍼랬다. 다른 과일도 그렇지만 참외 덜 익은 것은 짐짐해서 먹을 수가 없다. 부모님이 아시면 남의 것에 손을 댔다고 불호령이 떨어질 일이라 다시 주어 담아 버리러 가던 동생들의 표정은 지금 생각해도 웃음이 나온다.

어른이 되어서도 가끔 서리의 유혹을 받는다. 그렇다고 그것이 꼭 먹고 싶어서도 아니고 살 돈이 아까워서도 아니다. 가시가 송송 돋아난 오이가 달려있는 밭 옆을 지나갈 때나, 발그레 익어가는 딸기나 토마토가 있으면 도둑놈의 심보인지 '톡' 따고 싶은 마음이 생긴다. 시골 사는 친구네 놀러 갔을 때의 일이다. 집 앞에 딸기밭이 있었는데 아침나절 이슬 맺힌 싱그러운 딸기가 유혹을 한다. 차마 따지는 못하고 바라만 보고 있는 마음을 알아차린 친구가 주인이 오면 책임을 질 터이니 몇 개만 따라고 부축인다. 이브의 유혹에 아담이 넘어가듯 포기를 헤치고 싱싱한 딸기를 한 움큼을 땄다. 고개를 드는 순간, 딸기밭 주인이 옆에 서 있는 것이 아닌가. 민망하고 부끄러워 어쩔 줄 모르고 있는데 친구는 변명이라도 하듯 "옛날이 그리워 그랬노라"며 사과를 하였다. 다행이도 주인은 마음을 이해한다면서 무공해 상추를 한 소쿠리 뜯어준다.

신문에 난 기사를 보며 그 날의 난감했던 일이 떠올랐다. 하마터면 망신을 당할 뻔했다. 요즈음은 아이들일지라도 남의 것에 손을 대면 달라는 대로 값을 물어주어야 하거니와 경찰서까지 끌려가 망신을 당하기 일쑤다. 옛말에 외밭에서 신발 끈 고쳐 매지 말라했는데, 열세 살 소녀가 수박밭 옆에서 서성거리다 도둑 혐의를 받았다. 밭주인으로부터 추궁을 받던 소녀는 자살을 했다. 밭주인의 지나친 추궁이 고발되어 1심 2심에서 유죄 판결을 받았지만 대법원에서는 자신의 결백을 증명하려 자살을 한 것이라고 3년 만에 무죄판결이 내려졌다.

시골 인심도 변했다. 군것질거리가 없었던 시절에는 모든 것이 풍족하지 않아 서리하는 것쯤은 너그럽게 눈감아 주었다. 요즈음엔 오이나 참외밭에 눈길을 돌리는 아이도 콩서리를 하는 아이도 없어졌지만, 혹여 늘어진 가지 과일 하나에라도 손을 대면 눈을 부라리며 손해배상을 하라고 야단하는 시대가 되었다. 하긴 입장을 바꿔놓고 생각해도 시골 인심만을 탓할 일이 아니다. 땀 흘려 가꾼 것을 지나가는 이가 함부로 손을 댄다면 어느 누군들 가만히 있겠는가.

추수를 앞둔 논에서 밤새 콤바인으로 베어간 사건이 발생했다. 자그마치 삼십여 가마의 벼를 몽땅 털어가지고 달아났다니 기가 막힐 노릇이다. 어렵게 살던 시절에도 오늘처럼 도둑이 심하지 않았다. 사람들이 물질로는 가난했어도 그악스럽지는 않았다. 더러 된장, 고추장을 퍼가는 일이 있었고 볏섬을 굴려 간 일이 있기는 했다지만, 오늘처럼 몽땅 털어가는 일은 하지 않았다. 옛날 사람들은 남의 것을 훔쳐가도 양심껏 가져갔다.

날이 갈수록 인심은 삭막해 가고 미풍양속은 사라져 간다. 가을이 가기 전에 들판에 나가 무도 뽑아 먹고 입이 까맣도록 콩서리도 해보고 싶었는데, 올 가을도 그냥 지나가고 말았다. 지금도 어릴 적 친구들과 만나면 서리하던 얘기를 하면서 배를 잡고 웃는다. 그러면서 요즈음 아이들은 이다음에 무엇을 추억할 것인가 생각한다. 아이들에게 남의 것에 손을 대서는 안 된다고 가르쳐야 한다. 그리고 서리는 도둑이 아니라 여럿이 남의 것을 훔쳐다 먹는 장난이었다는 것을 얘기해줘야 한다.

씨감자를 훔쳐서 모닥불에 구워 먹었던 친구가 자라나는 자식에게 '서리'에 대한 설명으로 고심을 했다. 하루는 아이들을 데리고 고기를 잡으러 갔다가 근방에 참외밭이 있어서 서리를 해 오라고 시켰다. 미리 주인과 짜고 한 일이지만 아이들이 손을 들고 벌을 서는 것을 보는 순간, 자기의 어린 시절을 보는 것 같아 재미가 있었다 한다. '서리란 이런 것이다' 이해시키려는 부모의 마음은 모르겠지만, 먼 훗날 자식들은 그 자식을 앞에 놓고 참외서리에 대한 추억을 얘기할 것이다.

1996. 가을

보리 익어 갈 무렵

오랜만에 보리밥집엘 갔다. 서너 번 와 본 적이 있는 이 집은 후미진 곳에 있는데도 올 때마다 북적거린다. 나이가 지긋한 분들 더러는 배고팠던 시절을 회상하며 찾기도 하겠지만 대부분이 젊은 이인 것을 보면 요즘 사람들도 보리밥을 즐겨 먹는 모양이다. 보리밥에는 비타민이 많고 소화도 잘되어 식이요법으로 먹는 이들이 많아졌다. 예전에는 쌀이 귀해 먹던 보리밥을 지금은 건강식으로 먹는 세상이 되었다. 꽁보리밥이 한 대접 나왔다. 쌀이 한 톨도 섞이지 않았는데도 찰지고 부드럽다. 여러 가지 나물을 넣고 비벼서 한 숟갈 입에 떠 넣으니 고향 길 저편 보리밭이 물결친다.

보리가 익을 무렵, 이맘때는 늘 양식이 떨어져 풋바심 하던 때가 있었다. 풋바심이란 곡식이 익기 전에 지레 베어 털거나 훑어 양식을 만드는 일이다. 쌀은 떨어지고 보리는 채 익기도 전, 보릿고개를 넘으려면 엄마는 애가 탄다. 더디 익는 보리밭을 바라보다가 보는 이가 없는 저물녘에 소쿠리를 들고 밭으로 나가신다. 가난이 죄인 양 남이 볼세라 먼저 익은 이삭을 골라 훑어 가마솥에 찐다. 나무절구에서 겉껍질을 벗긴 후, 키로 까불러 다시 절구질을 해서 고운 보리로 만든다. 그리고는 무쇠 솥에 애벌을 끓여 퍼지게 한 후에 감자 몇 알을 얹어 다시 밥을 짓는다. 뜸을 푹들인 꽁보리밥에 반찬이라야 텃밭에서 뜯은 푸성귀와 강된장이지만 대청마루에 식구가 둘러 앉아 썩썩 비벼먹는 맛은 그야말로 꿀맛이었다.

풋바심을 하다보면 양식은 언제나 모자랐고, 엄마는 자식들의 주린 배를 채우려고 허리가 휘었다. 해마다 가난은 그렇게 이어지고 다른 방편을 찾을 수 없는 어른들은 온 종일 들에서 땀을 흘렸다. 아무리 둘러봐도 먹을 것 없던 시절, 어른들 속을 모르는 우리들은 여치를 잡느라 보리밭 사이를 뛰어다녔다. 언제부터인지 생활이 나아져 먹고 사는 걱정은 없어졌다. 해마다 이맘때가 되면 흰 수건 머리에 두르고 풋바심하던 엄마의 모습이 되살아나고 뒷산에서 한나절 울던 뻐꾸기 소리도 들려온다.

우리에겐 그렇게 허기진 세월이 있었다. 지금은 쌀이 남아돌아 쌀로 만든 제품이 장려되고 쌀 소비 확대를 위해 장병들의 식단에 보리밥이 사라진다고 한다. 보리 혼식을 중단하고 쌀밥만 급식 하면서 때 아닌 논쟁이 일어나고 있다. 쌀밥이 각종 질환이나 당뇨병, 비만의 주원인인 것은 누구나 아는 일이다. 나라의 장래를 짊어질 장병들의 주식을 흰 쌀밥으로 하겠다는 것은 성인병 환자를 양산量産하는 게 아니냐고 '보리 혼식 진정서'를 국방부에 제출했다니 세상이 달라져도 정말 많이 달라졌다.

보리는 상고시대부터 중요한 곡식으로 배고픔을 달래주었던 생명줄이었다. 요즘 세대는 보릿고개를 알지 못한다. 먹고 돌아서면 배가 고프고 돌아서면 또 배가 고픈 긴긴 여름날, 숨 막히는 더위와 시퍼런 보리밭은 엄마의 타는 가슴이었다. 지금은 음식이 남아돌아 보릿고개란 말도 옛말이 되었지만, 그 가난했던 날들은 아린 추억으로 남아 보리가 익어 갈 무렵이면 향수처럼 되살아난다.

2003. 여름

딸

신문을 보다가 잘못 읽은 것이 아닌가 하고 다시 읽는다. 산부인과 의사가 남녀구별 시술을 하여 5년간 여아女兒 백여 명을 탄생시킨 사실이 뒤늦게 밝혀져 논란이 되고 있다는 기사였다. 사내아이가 아니고 '여자아이를 원한다'는 것이 의아해 자세히 보니 일본에서 있었던 일로 사회문제가 되어 시술을 금지 시켰다고 한다. 같은 동양권이고 이웃나라여서 의식수준도 비슷할 거라 생각했는데 우리와는 달리 딸을 선호하고 있는 모양이다.

딸이 셋인 친구가 있다. 소문으로는 아들을 낳으려고 꽤 공을 들였다는데 네 번째도 또 딸을 낳았다. 아들은 서너 명을 낳아도 축하한다는 말을 할 수 있으나 딸을 줄줄이 낳은 이에게는 어떤 인사를 해야 할지 난감하다. 요즘은 아이를 하나나 둘만 낳는 시대다. 그래서 혼인할 때도 신부 측이 딸이 많은 집안이면 은근히 걱정을 한다. 그러나 딸부자 집에서 시집와 아들을 다섯이나 둔 우리 엄마를 보면 꼭 그렇지만은 않은 것 같다. 외가는 딸부자집이다. 둘째인 엄마 밑으로 여동생이 둘이 있는데 세

번째 또 딸을 낳았다고 '또딸'이라 불렀고, 네 번째는 이번이 끝이라고 하여 '끝냄'이라고 했다. 이름 덕인지 그 다음에는 아들이 태어나 외할머니는 조상님께 죄인 됨을 면했다고 한다.

주위에는 딸 이름을 남자처럼 지어주는 것을 볼 수 있다. 아들을 얼마나 기다리면 저럴까 짐작이 가다다도 어찌 아들만 자식인가 하는 생각이 들기도 한다. 하지만 그것은 아들이 있는 사람의 얘기일 것이다. 양자법도 있고 딸에게도 권리가 주어진 세상이 되었지만 아들이 있어야 한다는 생각은 바뀌지 않는 것 같다. 만약에 내가 친정 부모를 모셔야 할 처지라면 남편에게 떳떳치 못할 것이고, 또 딸네서 지내야 할 처지라면 엄마도 편치 않을 것이 분명하다. 그래서 예로부터 출가외인이라는 말이 있고 '딸네 밥은 서서 먹고 아들네서는 앉아 먹는다' 하는지도 모른다. 부귀영화를 누리는 사람도 자식이 없거나 아들이 없으면 다 갖추었다는 말을 하지 않는다. 오복五福의 하나가 다남多男인 까닭이다.

딸은 낳을 때만 섭섭하지 키우는 재미는 사내아이와 비교가 안 된다고 자랑을 하던 친구는 갑자기 아들을 낳아야겠다고 속을 털어 놓는다. 갑자기 그런 생각을 하게 된 것은 시동생이 아들을 낳았는데 시어머니가 대하는 것이 다르다고 한다. 그 뒤 그녀는 병원으로 한약방으로 찾아다니며 아들 낳는 일에 몰두했다. 어느 비법이 맞았는지 알 수는 없으나 서너 달 있으면 아들이 태어날 것이라는 확신을 가지고 있다. 초음파 검사도 받았고 용한 점쟁이도 장담을 했다며 벌써부터 아들 맞을 채비로 부산하다.

갈수록 의학이 발달하고 의학이 발달할수록 생명의 존엄성은 무너져 간다. 남아선호사상이 변치 않는 한, 이러한 추세는 계속 될 것이고 산모 개인이나 가정만의 문제가 아니라 균형이 깨지는 남녀비율의 심각성은 더해 갈 것이다. 우리 아이는 덩치가 커서 유치원 다닐 때부터 여자와 짝을 하지 못했다. 지금도 농촌총각은 장가를 못가서 연변처녀와 결혼을 시키려 하는데 앞으로도 이런 상태로 나간다면 여자를 수입하든가 몽골이나 네팔처럼 일처다부一妻多夫제가 생길지도 모르는 일이다. 세상은 음양의 이치에 맞아 남녀의 조절이 저절로 되는 것으로 믿는다. 앞으로 과학의 힘으로 남자만을 낳게 된다면 생각만 해도 끔찍한 일이 벌어질 것이다. 세상에 여자가 없다고 생각해 보자 얼마나 삭막할 것인가. 세상이 종말을 고할 때, 딸을 낳은 이는 아마도 황후를 낳은 것처럼 귀한 대접을 받을 것이다.

막내 올케가 첫딸을 낳았다. 전화를 받고 누구보다 기뻐한 사람은 나였다. 우리 집은 딸이 귀한 집안이다. 다섯 명의 형제들 틈에서 언제나 나는 특별대우를 받으며 자랐지만 다정스런 자매간을 보면 늘 부러웠다. 딸은 집안의 꽃이라 하지 않는가. 한동네 딸이 다섯인 집안에선 항상 오순도순 웃음소리가 떠나지 않으나, 아들 다섯인 우리 집은 형제끼리 툭탁거리다 언제 그랬냐는 듯 쿵쾅대며 뛰어다니는 소리만 들렸다. 나도 내가 여자로 태어난 것을 다행으로 여길 때가 있다. 만약에 남자로 태어났다면 엄마는 딸 있는 집을 부러워했을 것이고, 어쩜 나도 혼기를 놓친 노총각 신세가 됐을지도 모르는 일이다.

1994. 봄

재혼

동창 모임에 나온 친구가 청첩장을 내밀어서 딸을 시집보내는 줄 알았다. 3년 전인가 첫 딸을 여의었기에 둘째 딸을 보내는 거라고 생각했다. 딸이 아니고 자기가 시집을 간다고 하여 청첩장을 펴 보았다. 농담이 아니다. 친구들은 '장모도 시집 가냐'며 시끌벅적한데 당사자는 자못 진지하다. 재혼을 서두른 것은 친정 어머니였고, 딸들도 적극 찬성을 했다고 한다. 어딘가 모르게 안정되고 생기가 있어 보이는 친구의 모습에서 인생의 봄이 다시 왔음을 느꼈다.

재혼에 대해서 그다지 탐탁하게 생각하지 않았다. 좋으려면 애당초 좋았겠지 그 팔자가 어디 가겠나 하는 생각이 드는 것은 재혼했던 여인들의 불우한 삶을 적잖이 보아왔기 때문이다. 아이 셋을 두고 이혼한 여인이 있었다. 첫 남편에게서 받지 못한 정을 받고 싶어서였는지 나이 지긋한 남자와 재혼을 했다. 여인은 궂은일 마다않고 이십 여 년을 함께 살았는데, 남편이 세상을 뜨자 그의 자식들은 전 같지 않았다. 죄인처럼 눈치를 보며 살다가 결국에는 늙고 힘없는 몸이 되어 자식들에게 돌아왔다.

이웃에 사는 혼자 된 여인이 재혼을 하는 게 어떻겠냐고 내게 묻는다. 그녀는 사춘기에 접어든 아이 둘이 있다. 상대는 아이가 하나이고 경제 적으로는 안정되어 사는 데는 걱정이 없을 거라고 한다. 혼자 살기가 얼 마나 힘들었으면 그런 생각을 다 할까마는, 재혼은 안 하는 것이 좋다고 잘라 말했다. 가치관이나 윤리관이 바뀌어 버린 시대에 재혼을 수치로 생각하는 것은 아니지만, 그로 인한 자녀들의 탈선을 많이 보아왔기에 긍정적으로 생각해도 선뜻 동의할 수가 없었다.

이모님은 스물넷에 청상이 되었다. 남편을 전쟁터에 바치고 유복자인 둘째 아들을 낳아 기르면서 안 해본 일이 없다. 언제나 청년인 남편의 사 진을 꺼내들고 '저승에서 만나면 가만두지 않겠노라' 하면서 여든을 넘 기셨다. 이모의 얼굴을 보면 젊어서는 얼마나 고왔을까 짐작이 간다. 남 정네의 유혹을 물리치고 두 아들만 바라보고 청춘을 보낸 이모님, 요즈 음 사람들은 바보 같은 삶이라 할지 몰라도 당신은 재혼을 안 하길 잘 했다 한다. 만약에 재혼을 했더라면 어떻게 자식 앞에 떳떳할 수 있겠느 냐 하신다. 그러나 '열 효자보다 악처가 낫고, 여자에게는 속 썩이는 남 편이라도 있는 게 낫다'는 말이 있는 것을 보면, 자식이 아무리 잘 해도 아내나 남편 그늘만 못하다는 말이다. 자식들만 바라보며 평생을 살아 온 이모님은 긴 세월 얼마나 외롭고 힘들었을까. 얼마나 많은 밤을 한숨 으로 지새웠을까 생각하니 안쓰러운 마음이 든다.

세상이 변했다. 재혼하는 것을 남의 눈치를 보며 쉬쉬하던 풍토는 사 라지고 황혼 길에 접어든 여인들도 텔레비전 중매프로에 나와 당당하게 공개 구혼을 하는 시대가 되었다. 귀밑머리 푼 사람과 해로 하지 못한 것 이 가슴 아파 따뜻하게 감싸줄 짝을 찾는 여인들, 그 모습은 혼자 힘겹게 살아가면서 가족의 마음을 아프게 하는 것보다 한결 좋아 보인다.

만물은 암수가 있어 서로 정을 나누며 살아간다. 부부의 연은 사람의 뜻이 아니라 하늘이 맺어준다고 하지 않던가. 오늘 혼인식장에 화사한 모습으로 사랑하는 남자 옆에 서 있는 친구가 행복해 보인다. 행복이 뭐 별건가. 좋은 사람 만나 평범하게 사는 것이 행복이지. 뒤늦게 제짝을 찾은 친구가 샘이 나도록 행복해지기를 빌면서 시끌벅적 웃음 속에 묻혀 사진을 찍는다.

2003. 가을

군사우편

군사우편으로 보내온 아들의 편지를 읽고 또 읽어본다. 편지에는 어미에 대한 그리움과 하루하루 겪어가는 군 생활이 눈에 보이는 듯 적혀있다. 처음에는 힘겨워 하는 것이 역력하더니 날이 갈수록 군인답게 내용이 바뀌어간다. '어머니 길러 주셔서 고맙습니다. 제가 얼마나 편하게 살았는지 그리고 제가 얼마나 소중한 것을 모르고 살아 왔는지 이제야 알 것 같습니다'라고 쓴 대목을 몇 번이나 읽었는지 모른다. 화생방 훈련을 하고 나서 느끼는 삶의 고마움과 공기의 고마움, 모든 것에 대한 감사함이 절절히 적혀 있다. 대한민국에 군대가 있는 것이 새삼 고맙게 느껴진다. 아직 세상을 모르는 아들이 이런 체험을 하고 소중함을 알게 한 것이 고맙다. 이래서 남자는 군대를 다녀와야 한다고 하는지도 모른다. 삶의 고마움과 세상 모든 것의 소중함을 알았다는 아들의 편지는 읽고 또 읽어도 싫증이 나지 않는다.

아들은 더위가 한창일 때 군에 입대하였다. 먼저 간 친구들은 군복무를 마치고 돌아오는데 가야 할 날짜를 받아 놓은 아들은 착잡해 보였다.

군에 가기 전 원하는 대학에 가려고 두 번이나 입대 날짜를 연기했으나 뜻대로 되지 않았다. 입대하던 날 '잘 다녀오겠습니다' 큰절을 하였다. 딸을 시집보내는 어미의 심정이 이럴까. 아들의 절을 받으며 만감이 스쳐지나 눈물이 핑 돌았다. 전시도 아닌 평화로운 시절에 아들을 군에 보내면서 약한 모습을 보이는 것은 어미의 도리가 아닌 것 같아 마음을 가다듬고 몇 가지 당부의 말을 하였다. 아들은 염려 말라며 내 손을 힘주어 잡아보고는 남자답게 집을 나섰다.

아들은 그렇게 씩씩하게 나서기는 했어도 마음이 가볍지만은 않을 것이다. 원하는 대학에 가지 못한 것도 아쉽고, 좋아하는 기타를 만질 수 없는 것도 견디기 힘들 것이다. 무엇보다 혼자 남은 어미 걱정에 발걸음이 더 무거웠으리라. '가족 같은 이웃이 있으니 걱정 말라'며 보내 놓고는 그 자리에 한참이나 서 있었다. 무서운 게 세월이라더니 세월은 철부지 아들을 청년으로 만들어 놓았다. 개구쟁이였지만 탈 없이 건강하게 자라주어 고맙다. 어릴 적엔 어미의 치마꼬리를 잡고 놓지 않으려 해서 사내 녀석을 약하게 키우는 것은 아닌가 염려가 되기도 하였다. 아들을 강하게 키우고 싶어 여름방학을 이용해 한 달 동안 어린이 탐험대에 보내기도 하고, 초등학교 5학년 때 서울로 전학을 시켜 혼자 사는 법도 배우게 하였다. 어려서부터 모든 것을 스스로 해결한 경험으로 지금 어떤 어려움도 너끈히 참고 이겨 내리라 생각한다. 책상에는 보다 만 책들이 그대로 쌓여 있다. 사람이 든 자리는 몰라도 난 자리는 표가 난다더니 방 안은 썰렁하기만 하다. 아들의 체취가 묻어 있는 이부자리를 만져 보고 주인 없는 기타 줄도 튕겨본다. 그러다 아들의 책상에 그대로 앉아 편지를 쓴다. 편지를 쓰다가 문득 옛날 생각에 웃음 짓는다. 소녀 적엔 군인을 동경했다. 씩씩한 군인의 모습이 멋져 보여 군인이 되고 싶었다. 왜소

한 체격에 박력조차 없는 내가 군에 가려고 할 때 '그 체격에 무슨 군인이 되려 하느냐' 말리던 이들이 많았다. 군인이 되려던 것은 아스라한 꿈으로 남고 어느새 아들이 군에 입대를 하였다. 군인이 된다는 건 젊음의 특권 아닌가. 발걸음은 힘이 넘치고 늠름한 자세는 또 얼마나 든든한가. 얼마 전까지 나의 보호를 받았던 아들이 이제는 나라를 지키는 군인이 되었다.

여자에게 아들은 무엇인가. 어쩌면 부모나 남편보다도 더 절대적인 존재인지 모른다. 아들이 곁에 없으니 텅 빈 세상에 혼자 서 있는 느낌이다. 그동안 나는 아들을 많이 의지했었나 보다. 어미는 자식에게 모든 것을 내어주고 그만큼 기대하고 의지한다. 삼종지도三從之道라는 말이 있듯이 여자는 늙어서 자식을 따르는 것이 순리이나, 자식의 입장에서 생각하면 지나치게 집착하는 것은 부담스러운 일이다. 내가 벌써부터 자식에게 의지하는 게 아닌가 싶을 때가 있다. 아들은 아들의 인생이 있고 나 또한 나의 삶이 있으므로 피붙이라는 이유로 짐스러운 어미는 되지 말아야 한다고 다짐을 한다.

음산한 날씨에 눈발이 흩날린다. 그 속을 훈련 중인 군인들이 등에 한 짐씩 짐을 지고 대열을 지어 간다. 모두가 내 아들 같아 하던 일을 멈추고 멀어질 때까지 바라보았다. 따끈한 차라도 한 잔씩 주고 싶어서이다. 아들이 군에 입대한 지 반 년이 지났다. 지금쯤은 군 생활이 익숙해졌을 것이고, 살을 에이는 추위도 견딜 수 있는 강인한 군인이 되었으리라. 오래 달군 쇳덩이가 단단하고 고난이 인간을 성장 시키듯 아들은 훈련을 통해서 세상 어떤 어려움도 이겨낼 수 있는 사나이가 되어 돌아올 것을 믿는다. 오늘도 나는 편지를 쓴다. 자랑스러운 작대기 두 개, 육군 일병 아들에게.

1999년. 겨울

개

맞은편 옥상 사과상자만 한 개집에는 눈이 소복하다. 목을 묶어 놓은 쇠줄이 두어 발 늘어져 있는 개에게 가끔 밥을 주러오는 노인은, 그 집 시어머니인 듯 싶은데 밥을 주고는 언제나 개를 때린다. 울부짖는 소리가 들려 건너다 보면 고통스러워 하는 개를 보며 웃고 있다. '개도 먹을 때는 때리지 않는다'는 말이 있는데 밥을 주고 때리는 행동이 좀처럼 이해가 가지 않는다. 개한테 스트레스를 푸는 사람이 있다는 말을 들었다. 이 노인도 그런 것인가. 개의 울부짖는 소리는 자주 들려왔고, 그럴 때마다 안타까운 마음과는 달리 강 건너 불구경하듯 바라볼 수밖에 없었다.

미국에는 '동물학대죄'가 있다. 아무리 자기네가 키우는 동물일지라도 때리거나 고통을 주면 학대하는 행위라 하여 이웃에게 고발을 당하게 된다. 그렇게 되면 개는 다른 가정으로 보내지고 직장은 물론 살던 아파트까지 쫓겨나야 한다. 서양 속담에 '개는 내 친구, 아내는 나의 적, 자식은 나의 주인'이라는 말이 있다. 이 한 가지만 보더라도 그들이 개를 얼마나 사랑하고 있는지를 알 수가 있다. 날이 새고 나면 변하는 세상이라 우리나라도 언젠가는 그런 법이 생길지 몰라도 보신탕을 즐기는 사람들이 이 말을 듣는다면 아마 배를 잡고 웃을 일이다.

2년 전에 개를 기른 적이 있다. 털이 희고 몸집이 작은 것이 천성적으로 지니고 있는 영리함과 민감한 반응으로 기르는 즐거움을 갖게 했다. 찾아오는 이들이 냄새가 난다고 얼굴을 찡그렸지만 정이 흠뻑 든 우리 식구에겐 문제가 되질 않았다. 개가 자라서 새끼를 가졌고 입덧하는 것도 보았다. 한낱 짐승이지만 새끼를 가지면 몸에 이상이 생긴다는 것도 그때 알았다. 몸은 점점 무거워지고 새끼를 낳을 장소가 적합지 않아 하는 수 없이 터가 넓은 동생네로 보내야만 했다. 쫓아오는 개를 떼어놓고 오면서 객지에 자식을 두고 오는 어미처럼 자꾸만 뒤를 돌아보았다. 시골로 보낸 지 몇 년이 지났어도 나를 보면 흙투성이 발로 길길이 뛰어올라 옷은 버리지만 옛 친구를 만난 듯 기분이 좋다.

개는 영리하고도 충직한 동물이다. 자기의 임무를 다하며 길러준 주인에게 보은을 할지언정 배신은 하지 않는다. 개뿐만이 아니라 동물들은 사랑을 주면 믿고 따르건만, 사람들은 가까운 사이라도 믿지를 못한다. 서로가 서로를 믿지 못하는 세상, 사는 일이 삭막하다고 느껴질 때 다시 개를 기르고 싶은 마음이 생기곤 한다. 앞으로 가정은 핵가족 형태로 바뀌어가고 애완견의 사육이 늘어날 전망이라 한다. 그런데 개인적인 취미가 이웃에 방해가 된다고 해서 논란이 되고 있다. '아파트에서 개를 길러도 되느냐' 하는 것이 문제가 되어 TV법정에서 토론이 벌어졌다. 개를 기르는 쪽은 '개가 사람 곁에 있으므로 스트레스를 해소 시켜주고 애정교류를 통하여 따뜻하고 여유로운 마음을 갖게 한다'고 유익한 점을 얘기했고, 반대하는 쪽은 '개 비린내와 배설물에 대한 불쾌감 그리고 밤낮없이 짖어대는 소음공해'를 가지고 반론을 제기했다. 양쪽 모두 수긍이 가는 얘기다. 그러나 남녀와 연령의 차이 없이 아파트에서 개를 키워서는 안 된다는 쪽으로 기울었다. 그래서 옥상에서 기르는 집이 많아졌고 성대수술까지 시킨다. 빈 집을 지켜주고 외출에서 돌아오는 식구들을 반기던 개를 인간들의 이기심으로 벙어리로 만들고 있다.

개는 시골집 마루 밑이나 대문 한쪽에서 길러야 제격이다. 이제는 세상이 변해 '개 문화'라는 말까지 생겨났다. 웬만한 애완견은 가족의 일원으로 침식을 같이 하는가 하면 결혼식장까지 축하객으로 간다. 동물을 사랑하면 그럴 수도 있으려니 하다가도 지나치면 눈살이 찌푸려진다. 자주 가는 약국에 개 한 마리가 있다. 주먹만 해서 새끼인줄 알았는데 다 자란 놈이라 한다. 털이 부스스해서 치즈를 먹이고 냄새 때문에 아침저녁으로 목욕 시키고 칫솔질도 해준다며 털을 쓰다듬는다. 이렇게 자그맣고 귀엽게 생긴 애완견은 먹을 것이나 잠자리가 주인의 격에 맞먹는다. 게다가 미용까지 해주어 호사를 시킨다. 그저 먹고 자고 놀면 제 할 일은 다 하는 것이다.

생명이 있는 것이라면 가고 싶은 데로 갈 수 있어야 한다. 주인에게 아무리 사랑을 받는다 해도 마음대로 다닐 수가 없다면 그것은 앉은뱅이 삶이다. 옥상에 묶여있는 개를 바라보며 사람이나 짐승이나 주인을 잘 만나야 한다는 생각을 하게 된다. 어느 것이 상팔자인지 사람에 따라 생각이 다르겠지만, 욕심 없는 촌 아낙처럼 찬밥 한 덩이 얻어먹고 들판을 경둥거리며 뛰어 다니는 누렁이가 상팔자 아닌가.

1993. 겨울

이방자비 李方子妃와 김수임 여사

김수임 여사를 알게 된 것은 덕수궁 소장으로부터 받은 〈영왕비 전하의 뜻을 따라〉를 읽고 나서였다. 방자비를 만나 25년이란 긴 세월 봉사활동을 했고, 그분이 돌아가신 후에도 신의를 지켜 초하루 보름 어김없이 영원英園을 찾아 참배한다는 김수임 여사의 글을 읽으며 과연 어떤 분인가 만나고 싶었다. 제 부모도 모시지 않으려하고 자신의 이익만을 좇아 달려가는 요즘 세상에, 한 달에 두 번 24년 간 참배길을 나서며 남모르게 봉사하는 김수임 여사는 방자비와 어떤 사연이 있는 것일까. 등잔 밑이 어둡다더니 그분은 내가 사는 곳에서 멀지않은 문산읍에 살고 계셨다.

94세 나이답지 않게 정정하고 성격도 활달한 김수임 여사는 말 못하는 장애를 지닌 아들과 함께 살고 있었다. 사람과 마주치는 것을 꺼린다기에 조심스럽게 찾아갔으나, 아니다 다를까 편안히 앉아 텔레비전을 보던 아들은 나를 보자마자 방으로 들어가 나오지 않는다. 미안해하는 내게 오히려 찾아와 고맙다고 손을 잡는다. 집안은 온통 손수 뜨개질한 것으로 꾸며졌고 방자비의 빛바랜 사진과 글씨와 그림이 걸려있다. 그 아래는 오래된 팩스가 놓여 있었는데 그것은 말 못하는 아들과 의사소통하기 위한 것이었다. 김수임 여사는"비전하를 만난 건 장애를 가진 아들 덕"이라며 "그분 곁에서 25년 간 많은 것을 배우고 봉사하게 된 것은 지금껏 살아온 인생 그 무엇과도 비교할 수 없는 보람 있는 일"이었다 회고한다.

방자비와 첫 만남은 농아자인 큰 아들이 특수학교 교사자격증을 취득하고 첫 부임지로 나간 수원농아학교에서였다. 대한제국의 마지막 황태자로 조국과 민족의 제물이 되어 일본으로 끌려갔던 영친왕은 1963년 조국의 품으로 돌아왔으나 지병이 깊었다. 그러나 영친왕의 오랜 숙원이던 심신장애자 재활원인 복지사업 뜻을 이어 방자비가 특수학교를 방문하던 때 만난 것이 인연이 되었다. 한국에 온 지 얼마 안 되어 모든 것이 낯설던 방자비는 일본말이 능숙한 김수임 여사와 대화가 잘 통했고 무엇보다 장애인 아들을 특수학교 교사로 만든 열성적인 여인으로 복지사업을 함께할 평생 동지로 생각했다.

방자비는 황족으로 태어나 일본의 식민지 지배를 위한 정략결혼으로 희생양이 되었다. 자기 의사와는 상관없이 시대의 소용돌이에 휘말린 방자비의 일생은 영친왕 못지않게 파란만장했으나 참고 견디며 외부의 압력으로부터 보호막이 되어 주었다. "만약 전하를 괴롭히는 자가 있다면 내가 싸워 지켜드리겠노라" 다짐하며 50년을 살았다. 그렇게도 그리던 고국으로 돌아온 영친왕은 이미 의식이 없었고, 방자비는 일본인도 조선인도 아닌 대접을 받으며 외롭고 서러웠다. "나는 한국인이고 내가 묻힐 곳도 한국이다" 당당하게 말하고 싶을 때 김수임 여사를 만났으나 얼마나 든든하고 의지가 되었을까. 방자비는 김수임 여사와 손을 잡고 그 다음 해 '자혜로운 행동을 하자'는 뜻으로 자행회慈行會를 발족시켰고, 영친왕의 아호를 빌린 신체장애자 훈련원 명휘원名暉園을 설립 운영하였다.

열과 성을 다해 봉사의 길을 가던 중, 김수임 여사에게 시련이 찾아왔다. 천신만고 끝에 국립사범과를 졸업하고 특수학교 교사가 된 아들은 손바닥 뒤집듯 하는 교육정책으로 3년여 만에 교직생활을 접어야만 했다. 장애인이라는 자학으로 절망의 나날을 술로 보내다 취중에 머리를 다쳐 두 번의 뇌수술로 반신마비 중복장애 1급 장애인이 되었다. 평생 장애인 아들을 부양해야 하는 부모의 아픔을 방자비는 늘 어머니처럼 감싸주고 딸처럼 아껴 주었다. 실제로 어머니와 같은 나이였던 방자비는 자원봉사자로 갖추어야할 강습을 수료하게 해주고 편물, 양재, 실내 인테리어를 자상하게 가르쳐주며 명휘원 원생작품 전시판매장 한쪽에 개인전시 코너까지 마련해 주었다. 이때부터 김수임 여사는 잠자는 것도 잊은 채 뜨개질에 몰두했고, 손끝에서 만들어진 작품을 판매한 수익금은 명휘원으로 보냈다. 한 가닥 실이 멋진 작품으로 완성될 때의 만족감과 재료를 만지고 작품구상을 하다보면 '모든 것이 운명이려니' 온갖 시름이 사라져 손에서 뜨개질을 놓지 않았다.

쇼파 위에는 색색의 털실과 뜨다만 덧버선이 놓여 있다. 집안 곳곳 눈길 닿는 곳마다 김수임 여사 손끝에서 만들어진 소품들이 즐비하다. '고물이 가득한 방'이라며 문을 열어 보여주는 문간방에는 그야말로 보물이 가득했다. 뜨개질에 관한 책과 실 더미가 수북하고 그동안 떠 놓은 숄과 목도리, 스웨터, 덧버선과 폐비닐로 만든 가방, 지갑, 휴지덮개가 보따리 보따리로 쌓여있다. 핸드폰 집도 한 보따리나 되는데 스마트폰으로 바뀌면서 쓸모가 없어져 메모지와 꼬마볼펜을 사 넣어 앙증맞은 필기도구로 변신했다. 이 모든 것은 방자비가 서거한 지 25주년 되는 내년에

장애인을 위한 바자회를 열 예정이라 한다. 내게 뭐라도 주고 싶어 맘에 드는 것을 고르라는데 수많은 밤 잠 못 들고 시름으로 만들어진 것이라 생각하니 울컥해져 선뜻 손이 가질 않았다.

산다는 것은 자신과의 끝없는 싸움이다. 넘어져도 일어나고 또 일어나는 자기를 닮은 오뚝이는 김수임 여사가 가장 좋아하는 녀석이다. 안경을 쓰고 환하게 웃고 있는 오뚝이 목에는 1997년 전주, 무주에서 열린 '동계유니버시아드 대회'와 '2002년 한일 월드컵' 수원경기장에서 일본어 통역 자원봉사를 하며 사용했던 표찰이 걸려있다. 그때 나이 77세와 82세로 최고령 봉사자로 유창한 실력을 발휘해 매스컴에서 떠들썩한 후로는 한국과 일본 두 나라의 크고 작은 행사에 빠지지 않고 참석했으며 그때마다 격조 높은 통역을 한다는 찬사를 받았다. 건강이 허락된다면 4년 후에 있을 '평창 동계올림픽'에서 다시 한 번 자원봉사를 하고 싶다는 김수임 여사의 얼굴에는 꼭 하고 말겠다는 의지가 엿보인다.

나이가 많아 외로운 게 아니라 아는 사람들이 다 세상을 떠나 대화할 사람이 없어 외롭다는 김수임 여사, 방자비와 봉사하던 사진첩을 보여주며 두어 시간 속엣 말을 털어 놓고는 다과상을 차려 내온다. 귀한 손님 대접하듯 격식을 갖춘 상에는 배와 단감을 깎아 색을 맞추고 양갱 위에 편강을 올렸다. 예쁜 찻잔 옆에 건포도와 잣으로 꽃모양을 낸 우메기는 꿀을 얹었다. 어른에게 후한 대접을 받고 안절부절 하는 내게 "개성에서는 손님이 오면 정성껏 대접한다"며 어서 맛을 보라고 한다.

김수임 여사는 개성 내로라하는 대갓집에 태어나 여자가 갖추어야할 수업을 받으며 자랐다. 바느질, 뜨개질, 요리를 잘해야 시집 가서 대우를 받는다며 어른들이 음식을 만들 때나 의복을 만들 때 꼭 불러 앉혀 가르쳤다. 옷 만들기를 좋아하고 솜씨도 좋았지만, 무엇이든 하려고 마음만 먹으면 굽힐 줄 모르는 성격 때문에 '못당해'라는 별명이 따라 다녔다. 6 남매를 교복을 만들어 입히고, 모두 대학 졸업 때까지 속옷 외엔 돈 주고 사 입혀본 일이 없다고 한다. 몸에 밴 절약정신도, 자투리 헝겊도 버리지 않고 생활용품으로 만들어 봉사를 실천하는 것도, 모두가 '비전하께 배운 교훈'이라며 인생을 바꿔준 애틋한 인연을 그리워한다.

사주팔자에 명이 짧다하여 매년 정초만 되면 어른들은 김수임 여사 저고리 안고름에 부적을 달아주었다. 오래 살라고 목숨 수壽 자를 넣어 이름을 지었고, 사람 노릇 못할 거라고 여섯 살이 되어서야 출생신고를 했다. 그런데 구십이 넘는 지금까지 병원 한번 가본 적 없이 건강한 것은 방자비가 보살펴 주시기 때문이라 믿는다. "비전하께서 부르시는 날까지 봉사는 계속할 것"이라는 김수임 여사는 방안 가득한 실 꾸러미를 매만지며 "이 많은 실로 누가 뜨개질 좀 해줬으면"하고 함께 봉사할 이가 없음을 안타까워한다. 봉사는 작은 일이라도 누구에겐가 꼭 필요하다. 남에게 알리기 위함이 아닌 저절로 우러나서 하는 참봉사야말로 어둠을 밝히는 빛이 된다. '하면 된다'는 좌우명으로 기적을 바라며 살고 있는 94세 김수임 여사는, 구부정 허리를 굽히고 앉아 세상을 아름답게 수놓으며 오늘도 행복하다.

2014년. 1월

영집楹集 궁시弓矢 박물관,
활과 화살을 어루만지다

내가 사는 파주에는 〈영집 궁시 박물관〉이 있
다. 헤이리와 영어마을에 근접해 있는 궁시박물관은 새소리만 들리는
호젓한 산속에 자리하고 있어 고향처럼 포근함이 느껴지는 곳이다. 전
시관에는 한국의 활과 화살은 물론 다른 나라의 활도 전시해 놓아 동·
서양의 활을 비교할 수 있고, 활쏘기에 필요한 도구와 자료를 전시해 간
단한 설명으로도 이해하기가 쉽다. 근래에는 활에 대한 관심이 많아져
유치원생에서 어른들까지 관람객이 부쩍 늘었다. 조상의 슬기와 얼이
담긴 활을 만들고 간이 활터에서 활쏘기체험을 도우며 해설사로서 긍지
와 보람을 느낀다.

영집 궁시 박물관은 중요무형문화재 제 47호인 시인矢人 영집楹集 유
영기劉永基선생이 설립한 우리나라 최초의 활, 화살 전문박물관이다. 영
집 선생은 장단에서 출생하여 아버지로부터 화살 만드는 법을 배웠고,

부친이 돌아가시자 가업을 이어받아 화살방을 운영하며 장단화살의 전통을 이어 받았다. 수대에 걸쳐 화살을 만드는 가업을 잇게 된 것은 개성과 한양의 중간 위치에 있는 장단에서 화살 제작이 성행했기 때문이다. 영집 선생은 전쟁이 터지자 남쪽으로 피난을 갔다가 돌아가지 못해 장단과 가까운 파주에 자리를 잡았으며, 2001년 5월에 이곳 파주시 탄현면 법흥리에 박물관을 개관하였다. 피난 나올 때 땅문서는 두고 민어 부레*만 챙겨 왔다는 영집 선생의 부친은, 활과 화살을 목숨처럼 여긴 분이셨다.

육중한 나무대문을 밀고 박물관에 들어서면 왼쪽엔 수문장처럼 커다란 북이 자리를 지키고, 바로 앞에는 우리나라 대표 활인 각궁角弓이 한눈에 들어온다. 그 아래로 물소뿔 한 쌍과 대나무, 뽕나무, 쇠심줄, 그리고 민어 부레와 자작나무껍질이 놓여 있다. 각궁은 이렇게 여러 가지 자료를 사용하여 만드는 복합궁이며 물소 뿔과 쇠심줄을 사용해 탄력을 극대화시킨 무기다. 각궁은 만드는 기간도 오래 걸리고 과정도 복잡하지만 성능이 좋아 무사라면 누구나 갖고 싶어 하는 활이었다. 그 시대 각궁 한 장이 황소 한 마리 값이고 화살 하나는 논 한 평 정도였다니 웬만큼 재력을 갖추지 않고서는 단번에 장만하기가 쉽지 않았다. 큰 물건을 장만할 때 지금 우리가 할부로 사듯 그 옛날에도 활을 사기 위한 계모임이 있었다 한다. 그러나 각궁은 민어 부레풀을 사용하여 더운 계절에는 사용할 수 없는 단점이 있다. 이성계가 위화도 회군 때 사불가론四不可論*을 주장했듯이 장마철이나 여름에는 어교魚膠가 풀어지고 활이 느슨해져 사냥도 전쟁도 할 수가 없었다. 그래서 장마철에는 뿔을 붙이지 않고 나무를 뿔 대신 덧대어 묶어 만든 교자궁을 사용했고, 서민들은 재료를 손쉽게 구할 수 있고 만들기도 쉬운 죽궁과 목궁을 사용하였다.

우리나라 다양한 화살 중에 가장 대표적인 화살은 편전片箭이다. 중국은 창을, 일본은 조총을, 천하제일 무기로 여겼지만 조선의 활, 편전은 적들이 가장 두려워한 병기였다. 조선전기의 군대는 활 기병이 전체 기병의 반 이상을 차지했다. 북방 영토 개척이 활발하던 조선 초기에 북방의 기마족에 대항하기 위해서였다. 편전은 크기가 작아 애기살이라 부르는 화살이다. 길이는 보통화살보다 짧아서 통아筒兒라는 보조 기구에 넣어서 사용하는데, 일반화살에 비해 멀리 날아가며 날아가는 것이 보이지 않아 적이 피하기 어려운 장점이 있어 매우 특별한 무기로 여겼던 화살이다. 임진왜란 때 '평양성을 공격하던 왜군의 조총이 천보千步나 날아와 기둥에 박히니 편전으로 응사하여 적이 뒤로 물러났다'는 기록을 보면 그 위력이 어떠했는지 짐작할 수가 있다. 편전은 조선의 기밀병기로 제작법과 사용법이 외부에 알려지지 않도록 국경지대에서는 훈련에 사용하는 것을 금할 정도로 비밀에 부쳐진 병기였다.

지난 가을, 영집 궁시박물관 특별전 '살촉에게 묻다'가 열렸다. 뾰족촉과 넓적촉, 갈래촉을 실험 대상으로 갑옷과 합판, 그리고 등패籐牌 관통테스트 한 것을 박물관에 전시하고, 활터에서는 활쏘기 시범공연이 있었다. 구군복을 차려입은 무사들은 과녁을 향해 일제히 시위를 당겼다. 눈 깜짝 할 사이 휘파람 소리를 내며 과녁 한가운데로 꽂히는 화살, 숨을 죽이고 지켜보던 관람객들에게서 탄성이 터졌다. 쏘면 소리가 나는 효시嚆矢는 '우는 화살' 또는 명적전鳴鏑箭이라 한다. 효시는 원래 전쟁터에서 전투 시작을 알리는 신호용으로 사용하여, 어떤 일이나 사물의 처음이란 뜻으로 쓰인다. 단단한 나무나 뿔 속을 파내고 구멍을 뚫어 공명현상으로 소리가 나는 것을 부착하여 만든 효시는 여러 가지로 쓰임새가 많았다. 명적아래 직접 글씨를 쓰거나 종이에 편지를 써서 연락용으로 전하는 편지화살로 썼고, 고구려 고분벽화 수렵도에서 볼 수 있듯이 말을 타고 사냥몰이를 하는데도 효시를 사용했다.

공방에서는 전수자인 유세현 조교가 화살 주문 제작이 한창이다. 궁시장은 활을 만드는 궁장弓匠과 화살을 만드는 시장矢匠으로 나누는데, 유세현 조교는 아버지의 기술을 이어받아 전통화살을 복원해내는 작업을 하고 있다. 화살 만드는 과정을 지켜보며 궁금한 것을 물었다. 화살감으로는 강원도 북부에서 바닷바람을 맞으며 똑 고르게 자란 시누대가 상질上質이라 한다. 먼저 마디와 몸피를 맞추어 자르고 껍질을 돌려 벗긴다. 햇빛과 그늘에 번갈아 가며 말린 다음 무게와 마디로 정리한 살대를 숯불에 굽고 곧게 펴서 표면을 다듬어 매끄럽게 한 뒤, 주문자의 길이에 맞춰 자른다. 말린 소 심줄을 두들겨 실처럼 찢어서 물에 불려 양단兩端에 돌려 감고 오늬가 들어갈 부분은 싸리나무를 깎아 부레풀로 고정 시킨다. 시위가 들어갈 부분을 톱으로 켜고 칼로 깎아서 오늬구멍을 만들고 복숭아 껍질을 젖은 수건에 재어 부드럽게 하였다가 인두로 지져가며 붙인다. 그리고 촉을 만들어 끼우고 장끼 깃을 붙이면 화살이 완성된다. 손끝으로 수없이 매만지고 다듬어 하나의 화살이 만들어지는 것을 보며, 전통문화를 계승하려는 장인정신이 아니고는 할 수 없는 일이라는 생각했다.

우리는 말 타고 자유자재로 활을 쏘며 만주벌판을 내달리던 기마민족의 후예다. 활은 오랜 세월 수많은 외침을 막아낸 한민족 최고의 병기로서 군사들은 물론 왕이나 일반 백성들까지도 생활 자체 속에서 활쏘기를 연마했다. 조선후기까지 장수를 선발하는데 활쏘기와 말타기 실력이 뛰어나야 했고 뛰어난 궁수가 되기 위해 고된 훈련을 하였다. 조선을 건국한 태조 이성계도 신궁에 가까운 명궁이었고, 당태종의 눈을 명중

시켜 안시성 전투를 승리를 이끈 무인 양만춘도 백발백중 명사수였다. 올림픽마다 양궁 단체전에서 뛰어난 실력으로 세계를 떠들썩하게 한 대한민국 선수들을 보면, 활 잘 쏘는 민족, 동이족의 피가 흐르고 있음이 분명하다. 지금은 활쏘기로 사냥을 하거나 무기로 사용하지 않고 취미나 심신 수련을 위해 활쏘기를 즐기는 시대가 되었다. 나라를 지키던 활은 역사 속으로 사라졌지만 활과 화살을 어루만지며 맥을 잇는 장인의 손길이 있어 우리의 국궁國弓은 살아 숨 쉬고 있다. 달리는 말 위에 올라앉아 활과 하나 되어 시위를 당기는 무사들, 뭇사람의 가슴을 설레게 한 화살은 바람을 가르며 세상으로 날아간다.

2013. 가을

---

*민어 부레 : 활 재료 접착제
*사불가론 : 군사를 일으킴이 옳지 않은 네 가지 이유
*오늬 : 화살을 시위에 걸어 끼우는 곳

회색도시

개성관광은 지난해 12월 5일 선두로 우리가 175
번째 방문이다. 1시간 이상을 기다린 끝에 열두 대의 버스가 줄을 이어
출발했다. 1950년 6월 25일 포성을 울리며 북한군이 쳐들어 왔는데,
오늘 파주의 문화해설사들은 북쪽으로 견학을 가고 있다. 군사분계선을
넘어 이십 여분 달려 북한 땅을 밟았다. 제복을 입은 북한군이 보인다.
장벽이 가로막힌 북한 땅을 어찌 밟아보리라 생각이나 했던가. 갈 수 없
는 나라에 온 것처럼 두렵기도 하고 설렘을 감출 수가 없다. 출입국 사무
소에서 입경수속을 마치고 버스에 오르자 북측 남자안내원 두 명이 따
라서 탄다. 한 사람은 뒤에 앉고 또 한 사람은 앞에서 마이크를 잡았다.
언행을 함부로 하지 말라는 주의를 받아 긴장하고 있는 걸 알기라도 하
는지 고려의 역사와 유적지 설명을 하면서 더러 웃음엣소리도 하고 자
청해서 노래도 서너 곡 부른다.

오늘은 북한군이 기습남침 한 지 꼭 58년이 되는 날이다. 직접 겪지
는 않았지만 우리는 전쟁의 상처를 잘 알고 있다. 무려 3백만의 인명이

희생되고 온 나라는 국토는 초토화되었다. 반세기가 지난 지금도 가족을 잃고 한을 품은 채 살아가는 이산가족이 얼마나 많은가. 남북이 오가며 평화의 노래를 부르지만 매듭은 아직 풀리지 않았다. 그러나 머지않아 이념의 벽도 헐리고 맘대로 오갈 수 있는 날이 오리라 생각한다. 개성공업지구에는 벌써 35만 명의 북측 근로자와 3만 명의 남측 근로자가 함께 어우러져 살아가는 평화의 도시로 발전하고 있다.

버스는 개성공업지구를 지나 박연폭포를 향해 달려간다. 차창으로 흐르는 산과 들은 우리의 시골풍경과 다르지 않으나 산에는 나무가 없고 논과 밭은 물과 거름이 부족해서인지 포기가 실하지 못하다. 민둥산 아래 작은 마을이 보인다. 집이라고 하기에는 너무 허술해 보이는 북한 주민들의 삶터, 어렵게 사는 동기간 집에 온 듯 마음이 짠하다.

북측 안내원은 공민왕이 건축 미술에 조예가 깊어 조선시대 왕릉건축에 많은 영향을 끼쳤다고 자랑을 한다. 노국공주의 능은 공민왕이 직접 설계하였고 본인도 그 옆에 묻혔는데, 일본 관리자가 열 두 번이나 도굴에 실패하고 결국에는 폭약장치로 도굴을 했다고 한다. 지금도 독도를 자기네 땅이라고 우기는 일본을 용서할 수가 없다며 열변을 토하는 북측 안내원은 분명 우리 민족이었다.

고려의 오백 년 도읍지인 개성이다. 시내는 높은 건물도 있고 어쩌다 상점 간판도 보였으나 도시는 온통 회색빛으로 생동감이 없다. 용의 머리를 닮은 용수산을 지나 멀리 송악산을 바라본다. 왕건의 능이 있다는 만수산은 지금도 칡넝쿨이 얽혀져 있는지 울창해 보인다. 길가에는 우리를 환영하러 나온 북한군이 곳곳에 서 있다. 뙤약볕 아래 두꺼운 군복을 입고 차렷 자세로 서있는 저들은 얼마나 덥고 힘이 들까. 여름 들판은 꽃과 나무들이 흐드러질 때 이곳만 토질이 좋지 않아선지 그 흔한 들꽃

한 송이 보이질 않았다. 유월의 들녘이 참으로 삭막했다.

개성시내에서 칠십여 리를 달려 천마산 기슭에 버스를 세웠다. 주차장에서 박연폭포로 가는 길에는 외국인도 있고, 노모를 모시고 가는 사람도 보인다. 굽은 허리를 펴고 산하를 둘러보며 손짓하는 백발의 노인은 아마도 고향이 이쪽인가보다. 아들은 그곳을 아는지 모르는지 고개를 끄덕인다. 이렇게라도 고향땅을 밟아보는 것이 노인에겐 위로가 되겠지만 가슴에 응어리가 풀리겠는가. 아들의 부축을 받으며 노모는 시원스레 쏟아져 내리는 폭포의 물줄기를 바라보고 서 있다. 노인의 뒷모습에서 분단의 아픔이 어떤 것인지 어렴풋 느낄 수가 있었다.

높이가 37미터나 되는 박연폭포는 굽히지 않는 기개로 쉼 없이 쏟아져 내린다. 그래서 박연폭포를 서화담徐花潭, 황진이黃眞伊와 함께 송도삼절松都三絶이라 했던가. 폭포 가까이 구름다리를 건너 용 바위를 딛고 섰다. 햇살에 빛나는 물이 하도 맑아 한바가지 떠 벌컥벌컥 마시고 싶어진다. 물줄기가 떨어지는 고모담의 담수는 얼마나 깊은지 파란잉크를 풀어놓은 듯 물빛이 짙다. 용 바위에는 조선시대 명기 황진이가 폭포의 절경에 감탄해 머리채를 붓 삼아 썼다는 초서체 시는 아무리 들여다 봐도 글씨가 마모되어 알아볼 수가 없다.

안내원의 설명 들으며 시를 받아 적고 글씨를 감상하는 사이 일행은 벌써 관음사로 향하고 있었다. 나는 엊그제 등산을 다녀와 다리가 아파 따라가지 못하고 뒤쳐진 일행과 함께 북한처녀들이 판매하는 차를 마시면서 시간을 보냈다. 출입국사무소에서 함께 타고 온 안내원 한 사람은 퍽 순박해 보인다. 나는 짓궂게 "미남이십니다" 말을 붙였더니 아니라고 손사래 치는 모습이 소년 같다. 그에게 정말 미남이라고 웃음을 보내고 박연朴淵을 보러 무거운 다리를 끌고 계단을 올랐다.

대흥 산성이 보인다. 고려시기에 천마산과 성기산의 험준한 봉우리를 연결하여 돌로 쌓은 이 성은, 많은 세월이 흘렀건만 보존이 잘 되어 있었다. 비탈길을 조심스레 내려가 박연을 바라본다. 산 중턱 웅덩이에 물이 고여 가운데 있는 바위를 돌면서 떨어지는 물줄기가 박연폭포. 높은 봉우리도 없는데 물은 어디서 저렇게 쉼 없이 흘러내리는 것일까. 아슬아슬한 난간을 잡고 박연을 배경삼아 사진 한 컷을 찍고 내려오다 범사정에서 바라본 폭포는 한 폭의 멋진 수묵화였다.

통일관에는 울긋불긋 겨울한복을 입은 여인들이 바쁘게 움직인다. 넓은 식당에는 벌써 상이 차려져 있었다. 음식은 모두 놋그릇에 담았고 앞앞이 평양소주도 한 잔씩 따라 놓았다. 김치며 나물, 도토리묵과 약식은 맛이 있었고 우묵한 놋주발에 가득 푼 밥과 멀건 닭국은 그 옛날 우리의 밥상을 닮았다. 점심을 먹고 숭양서원으로 가는 길, 도로에는 차 한 대 없고 자전거를 탄 사람들만 오고간다. 건물은 시멘트벽 그대로이고 창문에는 유리가 아니라 비닐이 씌워져 있다. 말로만 듣던 북한의 실상을 짐작케 한다.

숭양서원은 430여 년의 오랜 건물로 옛 면모를 그대로 보존하고 있다. 포은 정몽주의 영정이 모셔진 충문당에는 백자로 만든 잔과 촛대가 양쪽에 있고 작은 상에는 향함과 향로가 놓여 있다. 저무는 고려를 죽음으로 지킨 포은의 칼 같은 기개에 저절로 고개가 숙여진다. '이 몸이 죽고 죽어 일백 번 고쳐 죽어 백골이 진토 되어 넋이라도 있고 없고 임 향한 일편단심이야 가실 줄이 있으랴.' 단심가와 함께 포은의 어머니가 지었다는 시조가 떠오른다. '까마귀 싸우는 곳에 백로야 가지마라 성난 까마귀 흰빛 새오나니 청강에 고이 씻은 몸을 더럽힐까 하노라.' 그 어머니에 그 아들이다. 이 역시 교훈의 날이 퍼렇게 느껴진다. 포은은 뛰어난 시인이자 외교가였다. 명나라를 네 번이나 다녀오면서 세공 면제를 이

끌어내는 등 고려의 입지와 국익을 높이는데 외교능력을 발휘 했다. 일본에 갔을 때도 그의 시는 큰 힘이 되었다. 인품과 학식에 탄복한 상대방에게 후한 대접을 받았고 뛰어난 말솜씨로 잡혀간 고려인 수백 명도 데려올 수가 있었다.

정몽주가 이성계의 정권탈취를 반대하다 철퇴를 맞았다. 선죽교에는 핏자국이 지워지지 않았고 그 자리에 대나무가 돋아났다하여 선죽교善竹橋로 불리게 되었는데, 다리에는 선혈인 듯 아직도 얼룩이 남아있다. 선죽교는 둘레를 돌난간으로 막고 그 옆에 다리를 만들어 놓았다. 조선 후기 개성 유수 정호인이 자신의 선조가 죽은 다리를 밟고 다니는 것이 안타까워 따로 다리를 만들어 사람들이 건너다니게 하였다. 다리 옆에는 한석봉이 쓴 선죽교비가 있고, 선죽교와 도로를 사이에 두고 마주하고 있는 표충각에는 고려 왕조의 절개를 지킨 정몽주의 충의를 기리기 위해 조선의 임금인 영조와 고종이 어제어필로 세운 비가 있다.

고려시대 최고의 국립기관이었던 성균관 마당에는 아름드리 나무가 여러 그루 서 있다. 그 중에 성균관과 같은 나이인 수령이 천년이나 되는 은행나무와 느티나무는 세월만큼이나 많은 풍상을 견뎌 낸 흔적이 보인다. 성인 대여섯 명이 팔을 벌려야 겨우 품을 수 있는 나무 밑동은 천년 세월을 건너온 성성한 기운을 그대로 전하여 준다. 조선시대의 성균관과 구분하기 위해 '고려 박물관'이라 부르고 있는 이곳은 고려시대의 유물을 한데 모아 전시하고 있다.

야외 박물관에는 개성 장풍군 월곡리에서 옮겨온 헌화사 7층 석탑이 있다. 규모가 크면서도 균형이 잡혀있고 세부조각이 섬세하다. 그 옆에 헌화사비, 고려의 명장 강감찬장군이 나라의 안녕을 기원하며 세운 홍국사 돌탑, 개국사 석등을 보고 기념품 판매점으로 갔다. 상점에는 인삼으로 만든 식품과 나물종류, 소쿠리, 놋그릇 등 여러 가지가 있는데 고려청자 앞에 '수령님이 보아주신 도자기'라고 써 놓았다. 괜히 겁이나 놋수저 두벌 사가지고 얼른 나왔다.

일정이 끝나고 개성출입국 사무소에서 카메라 검사를 받았다. 신형이라 작동방법을 모르는지 이리저리 보다가 이내 돌려준다. 경직된 분위기에 온종일 긴장을 했었나보다 버스에 오르니 나도 모르게 안도의 한숨이 나온다. 오늘 개성견학은 짧은 하루였지만 너무 많은 것을 보고 느꼈다. 책에서 보던 유적지를 직접 가 본 것도 좋은 경험이었고, 북측안내원과 한복차림의 처녀들도 인상에 남는다. 그러나 담 안에 북녘 동포들은 어떻게 살아가고 있는지 우리는 알 수가 없다. 얼핏 본 경직되고 추레한 모습들이 지워지지 않는다. 어느새 군사분계선을 넘어 임진강역을 향해 달린다. 벌써 내 집에 온 것처럼 마음이 편안하다. 우리가 자유스런 세상에 살고 있다는 사실이 얼마나 큰 행복인가를 오늘 비로소 깨닫는다. 새파란 들녘에 한가로이 먹이를 찾고 있는 백로도 아무렇게나 피어 흔들리는 들꽃도 자유의 품에서 아름답다.

2008. 6월

임진각에 부는 평화의 바람

국도 1호선인 통일로와 자유로가 만나는 우리나라 최북단에 자리한 임진각은 실향민과 국내외 관람객의 발길이 끊이지 않는다. 임진각은 남북 공동성명 발표 직후 개발된 통일안보 관광지로 한국전쟁의 각종 유물과 크고 작은 30여 개의 전적기념물이 조성되었다. 3만여 평의 경내를 자세히 둘러보려면 한나절은 족히 걸리지만 전망대로 올라가면 주변 전경이 한눈에 들어온다. 건물 전면에 실향민이 명절 때 합동제례를 올리는 망배단이 있고, 분단의 고통을 안고 흘러가는 임진강가에는 기름진 장단평야가 펼쳐졌다. 여기서 개성까지는 15킬로, 차로 가면 이십여 분밖에 걸리지 않는다. 망원경으로 북쪽을 바라보던 관람객이 '저기가 북한이야 북한'하며 같이 온 사람에게 보라고 한다. 임진강 건너편은 민간인 통제구역으로 자유롭게 갈 수는 없으나 북한 땅은 아니다.

임진각 건물이 세워지기 전 이곳은 자유의 다리라 불렀다. 자유의 다리는 휴전협정이 성립되고 포로를 통과시키기 위해 급하게 만든 다리로 분단된 국토의 남북을 잇는 유일한 통로였다. 당시 이 다리를 건너 1만 2773명의 전쟁포로가 남쪽을 택했으며, 이들이 자유를 찾아 통행한 것을 기념하기 위하여 '자유의 다리'라 이름 지었다. 자유의 다리는 판문점 '돌아오지 않는 다리'와 함께 분단의 비극을 상징하는 다리라 할 수 있다. 망배단 뒤편 경의선 철교는 원래 상·하행선 2개의 교량이 있었는데, 폭격으로 파괴되어 교각만 남아있던 것을 포로를 통과시키기 위하여 서쪽 교각을 복구하고 그 남쪽 끝에 자유의 다리를 놓았다. 포로들을 차량으로 철교까지 싣고 와서는 자유를 택하는 사람만이 스스로 다리를 건너게 하였다 한다. 자유의 다리는 임시로 가설한 교량이라 예술적 가치는 없으나 '자유로의 귀환'이라는 소중한 의미를 담고 있다.

폭격으로 멈춰선 증기기관차 화통을 비무장지대에서 임진각으로 옮겨 놓았다. 마지막 기관사인 한준기씨의 증언에 의하면 1950년 9월28일 수복 후 군수물자를 싣고 북진하여 황해도 평산군 한포역에 도착했을 때, 중공군 개입으로 북측으로 향해있던 기차를 떼 내어 남으로 향하던 중 연합군이 퇴각하면서 기관차를 향해 총탄을 난사했다고 한다. 반세기가 넘도록 비무장지대 장단역 부근에 방치했던 것을 아픈 역사의 증거물로 보존하기 위해 녹슨 때를 벗겨내고 현 위치에 옮겨 놓았다. 천여 군데 총탄자국이 난 만신창이 증기기관차 화통은 우리 민족의 아픈 역사를 말해준다. 민통선 철조망에는 통일의 간절한 소망을 적은 색색의 리본이 바람에 흔들리고, 고향을 지척에 두고 가지 못하는 실향민의 마음처럼 달리지 못하는 기차는 망연히 북쪽만 바라보고 기적을 울린다.

두 번 다시 이 땅에 전쟁은 없어야 한다. 전쟁은 모든 것을 파괴하고 폐허로 만들며 아까운 생명을 앗아간다. 우리 고장 파주는 한반도의 허리 부분이다. 삼국시대에도 고구려 백제 신라가 군사적 요충지인 임진강 유역을 차지하기 위해 싸움을 벌였고, 한국전쟁당시 전투가 가장 치열했던 곳으로 지금도 90.9%가 군사보호지역이다. 비둘기가 날아오르는 종각 앞에는 전 세계 전쟁터의 돌을 전시했다. 64개국 86군데의 전쟁터에서 가져온 돌을 보고 있노라면 슬픈 눈동자로 '전쟁은 싫어요. 제발 싸움은 하지 말아요' 애원하는 듯하다. 누군가 평화의 종을 울린다. 새천년을 맞아 인류평화와 민족통일의 염원으로 만든 '평화의 종'은 21세기를 기념하여 무게가 21톤이고, 종각을 오르는 계단도 스물 한 계단으로 원하는 사람은 누구나 타종을 할 수가 있다.

'조국이 없으면 나도 없다'

참전비에 새겨진 글씨가 가슴에 와 박힌다. 비석에는 북한의 기습 남침으로 나라가 위태로울 때 목숨 걸고 지켰던 파주의 참전용사 이름이 하나하나 새겨져 있다. 당시 파주는 수도 서울을 방어하기 위해 사투를 벌였으며, 군인뿐만 아니라 지역주민과 열서너 살 어린학생들까지 책 대신 총을 들고 나라와 운명을 같이 하겠노라 전력을 다했다. 내가 태어나기도 전 일이지만 삶과 죽음의 갈림길에서 겪은 이야기를 들을 때면 참상을 보는 듯 마음을 졸이게 된다. 3년이란 긴 싸움에서 수없는 사람들은 피를 흘렸고 나라는 쑥대밭이 되었다. 전쟁이 발발한 지 예순 해가 지난 오늘까지도 남과 북이 대립하고 있는데, 아직도 어느 쪽의 도발인지 모르는 젊은 세대가 있다. 지금 우리가 누리는 이 자유와 행복은 조국의 이름 앞에 산화한 꽃다운 젊음이 있었다는 것을 잊지 말아야 한다.

DMZ안보관광 안내소 앞에는 민간인 통제구역을 자유롭게 돌아볼 수 있는 버스가 대기중이다. 제3땅굴과 도라전망대 그리고 도라산역을 거쳐 통일촌을 돌아오는 데 세 시간 정도 걸리며, 신원이 확실치 않은 사람은 갈 수가 없다. 민통선과 비무장지대는 우리나라 사람뿐만 아니라 외국인이 꼭 들러 가는 곳이다. 전 세계에서 하나뿐인 분단국가, 서울에서 겨우 52킬로 위치에 있는 제 3땅굴과 남방한계선이 철책으로 둘러쳐진 비무장지대를 구경하려는 사람들이 오늘도 줄을 잇는다. 요즘 들어서 중국인 관광객이 부쩍 늘었다. 가이드 말로는 한국전쟁 때 임진강 부근에서 전사한 중공군 가족도 꽤 많이 온다고 하였다. 불을 뿜는 포화 속에서 인해전술로 밀고 들어온 3만 명의 중공군은 전사자가 많았고, 고국으로 돌아가지 못한 시신은 이름 모를 골짜기에 묻혔다. 반세기가 지난 지금 전쟁을 일으킨 건 대한민국이 아니라는 것을 알고 있을 터, 자신의 아버지가, 할아버지가 전사한 땅을 밟는 마음은 어떠할까. 조상의 뼈가 묻혀있는 이곳에서 참배를 하며 그들도 두 번 다시 전쟁은 없어야 한다고 생각했을 것이다.

아직은 눈이 쌓였지만 한낮 따사로운 햇살이 좋아 평화누리를 걷는다. 부모와 함께 미끄럼타고 연 날리는 아이들의 맑은 웃음소리가 잔디 언덕에 가득하다. 그 모습은 마치 봄볕에 어미 따라 나온 병아리처럼 행복해 보인다. 평화누리는 분단의 아픔이 아니라 자유와 통일의 희망을 느낄 수 있다. 연못 위에 떠 있는 '카페 안녕' 복도를 지나 바람의 언덕에 오르면 2만 여명의 관람객을 수용할 수 있는 야외공연장이다. 자연 그대로 만든 대형 잔디언덕에는 통일의 염원을 담은 작품들을 곳곳에 전시했다. 멀리서도 보이는 대나무를 엮어 만든 거대한 작품 '통일 부르기'는 통일을 향해 걸어가는 우리의 모습이다. 지금은 비록 한반도가 반으로 나뉘어 분열과 대립으로 담을 쌓고 있지만, 그 어느 쪽도 이롭지 못하다는 것을 깨닫고 통일을 이루는 날이 오라라 생각한다.

바람이 분다. 하나인 한반도를 오가는 자유로운 바람은 모양도 색깔도 구별 않고 수많은 바람개비를 돌린다. 한 방울씩 떨어지는 물방울이 바위를 뚫듯이, 나지막하지만 강렬한 호소로 불고 있는 평화의 바람은 태풍이 되어 언젠가는 인간이 쌓은 벽을 무너뜨리리라. 남과 북이 하나 되어 경의선 기차를 타고 개성 평양을 거쳐 유라시아까지 자유롭게 오 갈 수 있는 날, 파주는 분단의 아픔을 간직한 통한의 땅이 아니라 세계인 의 관심을 모으는 희망과 상생의 땅으로 거듭날 것이다.

2013. 2

작품 해설

바람의 그물을 타고 건너온
견고한 시간 속에서

한국문인협회 수필분과회장 지연희

바람의 그물을 타고 건너온
견고한 시간 속에서

지연희(한국문인협회 수필분과회장)

　파주는 경기권역이지만 서울의 북쪽 판문점을 기점으로 수도권에 인접해 있다. 때문에 서울중심의 문화예술을 쉽게 향유할 수 있는 지역으로 근래에는 눈부신 발전양상을 보여주고 있는 신도시이다. 특히 대한민국 출판계의 손꼽히는 유명출판사들이 집결하여 출판업의 메카인 출판단지를 현대적 건축양식으로 구축하고 있어 책을 사랑하는 사람들의 발길을 유도하고 있다. 주변 산세가 완만한 비교적 훼손되지 않은 자연 그대로의 문화유적을 만날 수 있는 파주는 하천변에 날아와 먹이사냥을 하고 있는 철새들의 군무를 관망할 수 있어 참으로 아름다운 고장이라는 생각을 하게 한다.

　수도권 평균수은주의 높이보다 한층 낮은 지역이지만 지역인구에 비하여 문학인의 창작의욕은 어느 지역에 지지 않는 열정을 보이고 있어 그 살갖을 때리는 바람의 수은주를 상승시키고 있다. 한국문인협회 파주지부, 파주여성문학회 등 30여 년의 활동 역사를 기록하고 있는 파주 문학인들 가운데 강근숙 수필가 또한 그 중심에 있다. 월간 한국수필 신인상을 받고 근 20년의 수필쓰기에 전념하더니 이제 첫 수필집 「흑백사진」을 상재하게 되어 여간 기쁜 일이 아니다. 긴 시간을 숙성시켜 돋아 낸 강근숙 수필문학의 저변에는 따뜻하고 진솔한 삶의 애환이 묻어난 다.

────────────────

고등어 한 마리 달라는 말에 생선가게 주인은 쳐다보지도 않고 툭툭 잘라 몸 토막만 담아준다. 대가리도 달라고 했더니 개 줄 거냐고 묻는다. 그 맛있는 걸 왜 개를 주느냐고 퉁명스럽게 말을 던지고 돌아오면서 괜 히 그랬구나 속 좁은 마음을 후회한다. 더 넣어 주려고 물었는지 몰라도 '개 줄거냐'는 말이 명치끝에 걸려 내리지 않는다. 요즘처럼 먹을 것이 흔한 세상에 생선 대가리를 챙겨가는 사람은 드물다. 어두육미魚頭肉尾라 해도 생선가게 한쪽에는 대가리가 수북하다. 남이 버리고 간 것까지 얻 어가진 않아도 내가 살 때는 꼭 넣어 달라고 한다. 간혹 밥상머리에서 가 운데 토막을 밀어주는 아들과 실랑이를 할 때도 있지만, 살 토막과 바꾸 지 않는 것은 발라먹는 맛도 있거니와 버리지 못하는 어린 시절 아린 추 억 때문이다.

전쟁을 겪은 이후 60년대에는 너나없이 가난했다. 피난길에서 돌아 와 폐허에 집을 짓고 살다보니 우리 집도 예외는 아니었다. 논 몇 마지기 와 텃밭에서 나는 것은 겨우 먹고 살 정도여서 살림 필 날이 없었다. 줄 줄이 학교 가는 자식들은 아침마다 손 벌리는데 돈 나올 곳은 없어 엄마 는 푸성귀나 곡식을 힘겹게 이고 읍내로 팔러 나섰다. 다리가 아프도록 십리길을 걸어도 손에 쥐는 돈은 겨우 학용품값 정도였다. 늘어선 상점 에는 자식들에게 입히고 싶은 것과 먹이고 싶은 것이 얼마나 많았을까.

－「고등어 대가리」 중에서

────────────────

라디오에서 우리가락 명연주를 가끔 듣는다. 부처님이 내려오실 때 들려주었다는 영산회상이나 청성곡淸聲曲을 듣고 있노라면 후련하다가도 가슴이 뭉클하다. 슬픔인지 아픔인지 마음을 울리는 선율이다가도 오히려 그 울적함이 차고 넘쳐서 마음의 위로가 되기도 하고, 때론 어깨춤이 나오기도 한다. 그 소리의 근원은 어디서 오는 것일까, 혼을 싣고 한을 담아 한 몸이 되어 불게 되면, 가슴에 응어리진 것을 모두 토해 내고 난 후에 비운 곳에서 나는 소리, 맑은 소리로 다가온다.

우리의 가락은 우리 악기에 넣어야 제 맛이 난다. 명기가 명인을 낳고 명인이 명기를 낳는다는 말이 있다. 우리 음악을 서양 악기로 연주할 수는 있어도 굽이굽이 휘돌아 부드럽게 흔들면서 끊어질 듯 이어지는 신비롭고도 아름다운 우리의 가락을 뽑아낼 수는 없을 것이다. 나도 언제쯤 그 멋진 가락을 흉내 낼 수 있을까. 대청마루에 모시적삼 입고 정좌하여 격식을 갖추지 않더라도, 맑고 청아한 소리를 만나는 그날에는 벗들을 불러놓고 죽엽청주라도 따르며 한가락 들려주리라.

- 「단소短簫」 중에서

수필 「고등어 대가리」는 생선가게에서 고등어를 사다가 가난했던 어린 날 어머니가 만들어 주신 고등어대가리 조림을 회상하게 된다. 여섯 남매를 키우신 어머니의 가난한 살림은 세끼 생선 한 토막 먹이지 못하는 자식들의 식욕을 따라갈 수 없었다. 생선가게에서 얻어 온 고등어 대가리를 무를 넣어 조리해 주시면 여섯 남매는 맛있게 잘 먹었다는 것이다. 어머니의 사랑을 먹고 자란 자식들은 고등어 대가리가 어머니의 아픈 아킬레스건이라는 것을 알지 못했다. 그런 어머니의 마음을 어른이 되어서야 가늠하게 된 딸의 소회가 이 수필의 중심축이다. 생선가게로부터 시작된 기억 속 이야기는 어머니의 자식사랑에 머문다. 당신은 허기진 허리춤을 끈으로 동여매어도 자식을 거둬 먹이던 희생적 사랑이다. 이제 그 어머니를 위해 손수 음식을 장만하는 딸의 몸짓이 아련한 아픔으로 남는다. '주름진 얼굴에 고생스러웠던 지난 세월의 흔적이 보인다. 삭정이 같은 육신, 소리 없이 애태웠을 그 가슴속- 더는 아픔을 드려선 안 된다. 기쁜 일만 있어도 남은 날이 그리 많지가 않다. 비 뿌리던 궂은 날, 우리의 우산이 되어주신 엄마에게 커다란 우산 하나 선물로 드렸다. 이제부터는 내가 엄마의 우산이 되어야 한다.' 고 다짐한다.

단소短簫를 연주하고 싶은 갈망이 이 수필의 메시지이다. 인간은 온갖 욕망 속에서 성장한다고 한다. 무엇을 하고 싶고 성취하려고 하는 기대 속에서 윤기 있는 삶을 이끌고 있다. 화자는 '라디오에서 우리가락 명연주를 가끔 듣는다. 부처님이 내려오실 때 들려주었다는 영산회상이나 청성곡淸聲曲을 듣고 있노라면 후련하다가도 가슴이 뭉클하다. 슬픔인지 아픔인지 마음을 울리는 선율이다가도 오히려 그 울적함이 차고 넘쳐서 마음의 위로가 되기도 하고, 때론 어깨춤이 나오기도 한다.'는 것이다. 우리 가락이 지닌 단아한 멋에 빠져있는 화자의 심경을 읽게 되는데 단소를 연주하다보면 혼을 싣고 한을 담아 가슴 속 응어리까지 풀어지며 마침내 단소의 음률은 맑은 소리로 다가온다는 것이다. 단소는 한의 민족이라고 하는 한국인의 정서에 맞는 우리고유의 악기이며 화자는 이를 예찬하고 있다. 대청마루에 모시적삼입고 정좌하여 단소의 맑고 청아한 소리를 듣고 싶어 한다.

늦은 밤, 전깃불이 두어 번 깜빡거리더니 기어이 불이 나가고 말았다. 곧 들어오려니 하고 기다렸지만 쉽게 들어오질 않는다. 한밤중이라 잠 들어 있는 사람들은 불이 나간 줄도 모르고 있을 테지만, 가게 문을 닫지 않고 있는 나로서는 당황할 수밖에 없다. 갑자기 빛도 소리도 없어지니 세상 모두가 정지된 느낌이다. 비바람이 몰아치는 날 이런 일이 더러 있었으나 이렇게 한동안 전기가 나간 것은 드문 일이다. 한참이나 더듬거려 양초를 찾아내 불을 밝혔다. 심지에서 불꽃이 차츰 커지더니 주위가 환하게 제 모습을 드러낸다. 한 치 앞도 보이질 않고 적막했던 주위가 촛불 하나로 어둠을 밀어낸다. (중략)

무엇 때문인지 꼭 집어 말할 수는 없어도, 촛불을 켜고 앉으면 마음이 차분해지고 기도하는 마음이 된다. 그래서 나는 가끔 촛불을 켠다. 촛불과 마주하고 앉으면 혼자 있어도 혼자가 아니고, 미움도 마음에서 몰아내는 여유도 갖는다. 아마 이런 때가 가장 진실한 순간인지도 모른다. 온갖 상념에 젖어 있는데 전기가 들어왔다. 그런데 손님들은 오히려 촛불이 좋다고 한다. 나도 오늘 저녁만은 촛불의 정서 속에 있고 싶어 전기 스위치를 내렸다.

— 「촛불을 켜고」중에서

세상 찬바람에 가슴 시린 날, 우연히 펼친 책 속에서 '신이 우리에게 절망을 주는 것은 우리를 죽이기 위함이 아니다'라는 구절을 읽었다. 그 한 구절은 삶에 대한 회의와 좌절로 절망의 늪에 빠져 있던 나에게 위로가 되었고 희망과 용기를 갖게 했다. 그녀도 지금은 모든 것을 잃은 것 같아 절망하지만 시련을 견디고 난 후 더 많은 것을 얻을 것이다. 그녀는 왜 난을 내게 주고 갔을까. 물질을 탐하지 말고 의롭게 살라는 뜻 이었을까 아니면 사람의 영혼을 맑게 하는 그 향기로 살라는 것일까.

메마른 날씨가 계속되더니 오랜만에 소나기가 쏟아진다. 답답했던 가슴이 뚫리는 듯 시원스럽다. 빗속에 난을 내다 놓았다. 맑은 바람 한 점 없는 탁한 공간 속에서도 새순을 틔운 가녀린 난은 비바람에 세차게 흔들린다. 이 비가 그치고 갠 하늘에 구름 한가로이 흘러가면 생기를 잃었던 난은 다시 기운을 차릴 것이다. 아름다운 꽃을 피우려면 햇빛도 있어야 하고 매서운 바람도 견뎌내야 한다. 비바람에 흔들리는 난 잎 사이로 그녀의 밝은 얼굴이 스쳐 지나간다.

– 「蘭과 女人」 중에서

문학은 예술언어표현으로부터 시작된다. '무엇을 쓸 것인가'의 핵심적 설계도 중요하지만 '어떻게 쓸 것인가'에 대한 광범위한 고뇌(설계)를 통해서 언어의 표현방법에 따라 문학작품은 문학과 비문학으로 평가받게 된다. 수필문학이 쉬이 신변잡기에 머물게 되는 이유는 사실체험에 대하여 지나치게 집중하는 데 있다. '글의 소잿거리(사실체험)를 최대한 축소시켜 그것을 강도 깊게 다룰 수 있어야 한다'는 것이다. 어쩌면 주제를 담는 그릇(소재)의 핵심적 이야기는 한 문장이어도 무방하다. 그 한 문장의 사실이 어떻게 확대되어(상상력) 새로운 세계를 열어낼 수 있을 때 문학은 예술장르의 하나가 될 수 있는 것이다. 이제 수필은 진술의 차원을 뛰어넘는 감각적이고 가시적인 심리묘사적 표현방법을 확대해야 할 때이다.

수필 「촛불을 켜고」의 수필은 촛불의 정서가 갖는 순하고 정한 아름다움을 가슴의 불 밝힘으로 엮어나가는 훈훈한 삶의 여정이 보인다. 촛불을 켜놓았을 뿐인데도 사람의 감성은 보다 차분히 순화되어 모나지 않는 소통의 공간으로 변화시키고 있다. '전등불이 도시인의 모습을 닮았다고 한다면 촛불은 세상과 대항할 힘이 없는, 어찌 보면 어리숙해 보이는 시골사람과도 같은 모습이다'라고 강근숙 수필가는 말하고 있다. 한 자루의 촛불을 마주하고 앉은 두 사람 사이에는 어떤 불신도 어떤 불협화음도 존재할 수 없게 된다는 것이다. '무엇 때문인지 꼭 집어 말할 수는 없어도, 촛불을 켜고 앉으면 마음이 차분해지고 기도하는 마음이 된다. 그래서 나는 가끔 촛불을 켠다. 촛불과 마주하고 앉으면 혼자 있어도 혼자가 아니고, 미움도 마음에서 몰아내는 여유도 갖는다.'고 끝없는 사유의 세계를 펼치는 이 수필은 하루의 일상을 마감하고 모여 앉은 사람들의 아름다운 기도와도 같은 그림이다.

수필 「蘭과 女人」을 감상하면 세상사는 예기치 않은 가운데 겪게 되는 고난의 삶이라는 것을 보여준다. 성실하게 일하여 여유로운 삶을 살았던 젊은 부부가 하루 아침 부도가 나고 가족이 뿔뿔이 해체되어 결국 낯선 이국땅으로 이민을 떠나며 가꾸던 난 화분을 화자에게 전해주는 수필이다. 그리고 최후의 메시지로 전달하고 있는 의미가 '신이 우리에게 절망을 주는 것은 우리를 죽이기 위함이 아니다'라는 것이다. 절망은 참고 견디면 분명 아름다운 열매를 맺을 수 있다는 진리를 말하고 있다. 아름다운 꽃을 피우려면 햇빛도 있어야 하고 매서운 바람도 견뎌내야 함은 물론이거니와 비바람도 헤쳐내야 한다는 것이다. 여인이 주고 간 난 화분이 나날이 시들어 가고 생기를 잃고 있는 모양을 보며 타국에서 고생하고 있을 그녀가 떠오른다고 하지만 오랜만에 쏟아진 소나기로 해갈을 한 난 화분은 그 고난의 시간 속에서도 새 순을 돋아 올렸다고 한다. 희망의 메시지이다.

화장대 앞에 붙어 있는 부모님과 찍은 흑백사진에 요즈음 눈길이 자주 머문다. 카메라가 흔하지 않았던 시절, 무슨 좋은 일이 있었는지 울타리 앞마당에서 포즈를 잡은 모습은 아주 행복해 보인다. 너덧 살이나 됐을까. 단발머리에 깡통치마를 입고 아버지 무릎 위에 가지런히 손을 얹었다. 속바지가 삐죽 나와 있는 한 쪽 발을 살짝 들고 카메라를 향해 웃고 있는 모습은 내가 봐도 웃음이 난다. 그 옆에 동생을 안고 있는 젊고 앳된 엄마의 얼굴이 화사하다. 우리 엄마, 아버지도 이렇게 젊을 때가 있었다. 빛바랜 흑백사진을 들여다보며 콧등이 시큰 하다. 젊고 건강하던 청년인 아버지 얼굴 위에 깡마르고 노쇠한 지금의 얼굴이 겹쳐지기 때문이다. *(중략)*

쇠잔한 아버지는 이제 경로당에도 못 가신다. 이제야 우리 여섯 남매는 휴일마다 만사를 제쳐놓고 집으로 달려가 큰소리로 아버지를 부른다. 누워계시던 아버지는 자식들이 부르는 소리에 생기가 돈다. 언제나 무덤덤하고 질그릇처럼 투박한 아버지, 아버지가 우리를 사랑하지 않는 줄 알았다. 철없는 자식들은 아버지 속을 모르고 살았다. 마른 낙엽처럼 기력을 잃고 누워계신 아버지 생각에 이렇게 가슴이 메어오는 것은, 그 크고 깊은 사랑을 이제야 알았기 때문이다. 우리들은 오늘, 단체로 벌을 받던 그날처럼 아버지 앞에 머리를 조아리고 반성을 한다. 하나밖에 없는 딸이어서인지 못난 자식이라 마음에 걸려서인지 아버지의 힘없는 눈빛은 자꾸 나를 더듬어 찾으신다. 자식 노릇 한 번 제대로 못하고 걱정만 끼쳐드린 나는 '아버지 잘못했어요' 용서를 빌면서 여윈 손을 꼭 잡아본다.

– 「흑백사진」 중에서

팔베개를 하고 누워 하늘을 본다. 엷은 구름 사이로 보름달이 흐르고 숲에서는 풀벌레가 울어댄다. 달은 언제 봐도 그리운 이의 얼굴인 양 반갑다. 옥 갈고리 같은 초사흘 달이거나 송편처럼 살이 쪄가는 반달이건 간에 세상을 두루 밝히는 달은 언제 봐도 사랑하는 사람마냥 좋기만 하다. 몸과 마음이 지쳤을 때 올려다 본 하늘에 달이 걸려 있으면 하루의 피곤을 잊고 마음이 밝아진다. (중략)

고향집은 산 밑이어서 산이 곧 울타리였다. 뒷문을 열면 바로 장독대고 손을 뻗으면 잡힐 듯 나무 가지가 늘어져 있다. 가을이면 장독대에 밤이나 상수리가 떨어지는 소리, 낙엽 지는 소리까지 들린다. 달 밝은 밤이면 나뭇가지가 성근 문살에 희미하게 비쳐 시정을 불러일으키기도 하고, 밤이 깊어감에 따라 날짐승 소리가 들려와 달밤은 더욱 고요하기만 하였다. (중략)

밤이 깊어감에 따라 모깃불도 사위어가고 냉기가 느껴진다. 멍석자락을 끌어당겨 한기를 막아본다. 참으로 오랜만에 느껴보는 전원의 풍정이다. 휘영청 밝은 달이며 쏟아져 내릴 것 같은 무수한 별들, 눈을 감고도 찾아갈 수 있는 우물가 배추밭에는 지금도 반딧불이 반짝인다. 이 모든 정경들을 그대로 가슴에 안아 가고 싶다. 이런 밤에 잠을 청하는 것은 아무래도 아까운 일이다. 밤은 깊어가고 나는 달빛을 안고 밤이슬에 젖는다.

- 「달빛 아래서」 중에서

수필 「흑백사진」은 젊은 날의 부모님과 강 수필가의 어린시절 사진이다. 너덧 살의 단발머리 화자는 동생을 안고 있는 어머니 옆에 앉아 있

다. 지금은 쇠잔하여 경로당에도 가지 못하는 부모님을 바라보며 세월의 무상함을 짚고 있는 이 수필은 지난 반백 년 전 어느 날의 초상을 클로즈업시킨다. 수필은 삶의 저변에 일어나는 희로애락의 편린들이 주축을 이룬다. 예외일 수 없는 이 수필도 깡마르고 노쇠한 늙은 부모님의 모습 속에 지난날 젊고 앳된 엄마와 건강한 청년의 아버지가 흑백사진 속에 안쓰럽게 접사되고 있다. 한 장의 흑백사진 속에 담긴 젊음이 삶이라는 시간 속에 시들어가는 육신으로 남게 된다는 자연한 이치를 말하고 있지만 이를 바라보는 자식의 시선이 자못 가슴을 아리게 한다. '아버지의 힘없는 눈빛은 자꾸 나를 더듬어 찾으신다. 자식 노릇 한 번 제대로 못하고 걱정만 끼쳐드린 나는 '아버지 잘못했어요' 용서를 빌면서 여윈 손을 꼭 잡아본다.'는 것이다.

수필 「달빛 아래서」는 '팔베개를 하고 누워 하늘을 본다.'는 첫 문장으로부터 달빛바라기의 밤 정취를 은은하게 끌어낸다. 시골집 마당 멍석이 깔린 공간이 배경인 이 수필은 달빛 밝은 마당 한 귀퉁이에 젖은 쑥으로 모깃불을 피워놓고 메케한 연기 속 도깨비 이야기를 숨을 죽이며 듣게 된다. 그러나 1969년 미국의 우주선 아폴로 11호가 달에 착륙하여 인류최초로 우주인 암스트롱이 달의 표면에 발을 딛는 첨단과학의 발달로 옥토끼가 노는 달나라의 신화는 무너지고 말았다. 하지만 이 수필은 독자의 가슴속에 아직도 계수나무 아래 옥토끼가 떡방아를 찧고 있다. 과학은 현대사회의 편리를 도모하여 최첨단 기계문명의 혜택을 향유하게 하지만 마음을 흔드는 아름다운 상상의 세계로 이룩한 가슴 훈훈한 신비의 정서는 쉬이 허물어트릴 수 없다는 믿음을 보인다.

엄마의 장독대는 어릴 적 나의 놀이터이기도 했다. 부엌문을 열면 바로 앞에 팔각형 돌절구가 놓여있고, 반듯한 돌로 단을 쌓은 장독대에는 내 키보다 더 큰 독과 중항아리가 여남은이나 되었다. 쌀 두어 가마니는 실히 들어 갈 배가 불룩한 독에는 몇 년씩 묵은 간장이 담겨있고, 중간 항아리에는 고추장과 된장이 그득그득했다. 철따라 앵두며 복숭아 포도가 지천이던 시골집 뒤란, 가을이면 찐 고구마 새끼가 함지박에 널려있고 울타리 고욤나무에서 농익은 고욤이 뚝뚝 떨어지던 장독대에서 엄마는 옥양목 앞치마를 두르고 장독을 윤이 나게 닦았다. 그 곁에서 나는 돌틈에 뿌리 내린 괭이풀이나 돌나물을 따서 소꿉놀이를 하다가 시들하면 발뒤꿈치를 들고 새까만 쪽박이 떠있는 간장독에 얼굴을 비춰보았다. 먹물 같이 진한 간장을 손가락으로 찍어 먹으며 '이렇게 짠 것을 어른들은 왜 좋아할까' 진저리를 치면서도 그 맛이 싫지가 않아 심심하면 간장을 찍어먹곤 하였다. (중략)

엄마의 장독대에서 항아리 몇 개를 집어왔다. 바라보기만 해도 넉넉한 저 단지들은 단순히 장을 담는 옹기가 아니라, 집안을 지켜주고 보살펴주는 철륭신이 깃들어 있을 것만 같다. 올해도 큰 항아리에 매실과 오가피 열매를 발효시키고, 작은 단지에는 고추장과 각종 장아찌를 담았다. 엄마가 그랬던 것처럼 항아리를 반지르르 닦아 뚜껑을 열어 놓고 맛을 본다. 오묘한 맛을 내기가 그리 쉬운 일인가. 그저 햇살과 바람의 품에서 곰삭아 맛을 내기를 기다릴 뿐이다. 장도 사람도 숙성되지 않으면 맛이 나질 않는다. 설익은 것이 발효되어 맛을 내는 엄마의 장독대에서 나는 오늘도 항아리를 다독이며 한나절을 보낸다.

- 「엄마의 장독대」 중에서

풋바심을 하다보면 양식은 언제나 모자랐고, 엄마는 자식들의 주린 배를 채우려고 허리가 휘었다. 해마다 가난은 그렇게 이어지고 다른 방편을 찾을 수 없는 어른들은 온 종일 들에서 땀을 흘렸다. 아무리 둘러봐도 먹을 것 없던 시절, 어른들 속을 모르는 우리들은 여치를 잡느라 보리밭 사이를 뛰어다녔다. 언제부터인지 생활이 나아져 먹고 사는 걱정 은 없어졌다. 해마다 이맘때가 되면 흰 수건 머리에 두르고 풋바심하던 엄마의 모습이 되살아나고 뒷산에서 한나절 울던 뻐꾸기 소리도 들려온다.

우리에겐 그렇게 허기진 세월이 있었다. 지금은 쌀이 남아돌아 쌀로 만든 제품이 장려되고 쌀 소비 확대를 위해 장병들의 식단에 보리밥이 사라진다고 한다. 보리 혼식을 중단하고 쌀밥만 급식 하면서 때 아닌 논쟁이 일어나고 있다. 쌀밥이 각종 질환이나 당뇨병, 비만의 주원인인 것은 누구나 아는 일이다. 나라의 장래를 짊어질 장병들의 주식을 흰 쌀밥으로 하겠다는 것은 성인병 환자를 양산量産하는게 아니냐고 '보리 혼식 진정서'를 국방부에 제출했다니 세상이 달라져도 정말 많이 달라졌다.

보리는 상고시대부터 중요한 곡식으로 배고픔을 달래주었던 생명줄이었다. 요즘 세대는 보릿고개를 알지 못한다. 먹고 돌아서면 배가 고프고 돌아서면 또 배가 고픈 긴긴 여름날, 숨 막히는 더위와 시퍼런 보리밭은 엄마의 타는 가슴이었다. 지금은 음식이 남아돌아 보릿고개란 말도 옛말이 되었지만, 그 가난했던 날들은 아린 추억으로 남아 보리가 익어 갈 무렵이면 향수처럼 되살아난다.

- 「보리 익어 갈 무렵」 중에서

수필 「엄마의 장독대」는 어린시절 화자의 놀이터였다. 그리고 출가해서는 엄마의 장독대에서 퍼다 먹던 고추장 된장들을 생각한다. 그리고 지금은 화자가 어머니 대신 장 담그기에 재미를 느끼고 있다. 장독대는 알뜰한 주부의 상징이며 그 집안의 먹을거리를 책임지는 안주인의 보물창고이기 때문이라는 것이다. 요즈음 화자는 어머니가 손에서 일을 놓고부터 어머니의 젊은 날처럼 장독대에 온갖 신경을 모은다. 반지르르 장독을 닦아 내고 있다. 예부터 장독대는 주부들의 절대공간이었다. 그 집안의 장맛을 자랑할 만큼 독특한 맛으로 대를 잇는 레시피가 전수되어 왔다. 지금도 집안의 가계를 잇는 종갓집 장독대는 수년씩 이어진 장맛을 맛보기도 한다. 강근숙 수필의 장독대는 어머니의 전통적 맛으로부터 개발된 딸의 베란다 장독대가 대를 이어 윤기를 더한다. 물론 어머니의 장독대에서 집어온 항아리 몇 개의 덕분이다. 바라보기만 해도 넉넉한 단지들은 단순히 장을 담는 옹기가 아니라, 집안을 지켜주고 보살펴주는 철륭신이 깃들어 있을 것만 같다는 믿음을 보여준다. 알뜰한 주부의 덕목이 엿보이는 수필이다.

「보리 익어 갈 무렵」의 수필은 보리가 익어갈 무렵이면 어머니는 양식이 부족하여 아직 익지도 않은 보리를 지레 베어 털거나 훑어 양식을 만드는 풋바심을 했다고 한다. 흔히 보릿고개라고 하는 이즈음 식량이 부족하여 끼니로 삼고 했다는 시절의 고충을 상세히 적고 있는 이 수필은 요즈음 흰쌀밥이 성인병을 유발한다 하여 회피하고 있는 현실에 비유해보면 격세지감을 느끼게 된다. 어머니는 더디 익는 보리밭을 바라보다가 보는 이가 없는 저물녘에 소쿠리를 들고 밭으로 나가신다고 했다. 가난이 죄인 양 남이 볼세라 먼저 익은 이삭을 골라 훑어 가마솥에 찌고, 나무절구에서 겉껍질을 벗긴 후, 키로 까불러 다시 절구질을 해서 무쇠 솥에 애벌을 끓여 퍼지게 한 후 감자 몇 알을 얹어 다시 밥을 지었다는 것이다. 꽁보리밥에 반찬이라야 텃밭에서 뜯은 푸성귀와 강된장이지만 대청마루에 식구가 둘러 앉아 쓱쓱 비벼먹는 맛은 그야말로 꿀맛이었다고 한다. 참으로 암담한 시절의 이야기이다. 이 같은 가난한 시절의 배경이면에는 전쟁의 참화로 회복하지 못한 폐허의 땅에 불어온 당연한 가난이었음을 부인할 수 없을 것 같다.

강근숙 수필의 배면에 깔린 큰 지류는 어머니라고 보아야 한다. 많은 수필에서 가족을 위해 헌신하신 어머니의 참모습이 보인다. 자신은 돌보지 않고 오직 가족을 위해 희생하던 가난한 어머니의 참사랑이 묻어난다. 그 어머니의 사랑으로 강근숙 수필가는 휘몰아치는 삶의 바람을 견디고 우뚝한 마을의 수호신처럼 파주의 문학인이며 숲 해설가로 지역의 문화유적을 아끼고 가꾸는 일에 투신하고 있다. 한 권의 수필집을 상재하는 일이 그리 쉬운 일은 아니다. 때문에 20여 년의 시간 속에서 숙성된 오늘의 이 수필집은 그만큼 가치를 더하게 된다. '발효되고 숙성된 것은 탈이 없다'라는 본인의 말처럼 빛나는 문장력으로 의미를 엮고 있는 한 편 한 편의 수필들 모두 아름다운 집을 짓고 있다. 바람의 그물을 타고 건너온 견고한 시간 속의 빛나는 꽃이다.

강근숙 수필집

흑백
사진